Eduard Gerhard

Über den Gott Eros

Anatiposi

Eduard Gerhard

Über den Gott Eros

Unveränderter Nachdruck der Originalausgabe von 1850.

1. Auflage 2023 | ISBN: 978-3-38240-048-4

Anatiposi Verlag ist ein Imprint der Outlook Verlagsgesellschaft mbH.

Verlag: Outlook Verlag GmbH, Zeilweg 44, 60439 Frankfurt, Deutschland
Vertretungsberechtigt: E. Roepke, Zeilweg 44, 60439 Frankfurt, Deutschland
Druck: Books on Demand GmbH, In de Tarpen 42, 22848 Norderstedt, Deutschland

ÜBER

DEN GOTT EROS.

———

GELESEN IN DER KÖNIGL. AKADEMIE DER WISSENSCHAFTEN ZU BERLIN
AM 20. JULI 1848

VON

EDUARD GERHARD.

———

MIT FÜNF KUPFERTAFELN.

BERLIN.

GEDRUCKT IN DER DRUCKEREI DER KÖNIGL. AKADEMIE
DER WISSENSCHAFTEN.

——

1850.

Im Zusammenhang griechischen Götterwesens bleibt der Liebesgott Eros eine nicht minder wichtige als räthselhafte Gestalt(¹). Dem erhabenen Lob, welches Plato(²) und Sophokles(³) begeistert ihm spenden, steht bis zu den spätesten Dichtern des Alterthums hinab die Schilderung seiner unwiderstehlichen Macht gegenüber, und wenn man die Begriffe, die dabei in Anschlag kommen, analysirt, so umfassen sie jeden Bezug auf Welt und Menschenleben, mit gleicher Huldigung für Eros als Schöpfer des Weltalls wie für Eros als regsamen Führer der sterblichen Menschen, dem jeder edelste Wettstreit aber auch die unwürdigste Verführung dann und wann beigelegt wird. Wie viel von diesem inneren Widerspruch den Philosophen und Dichtern allein zu Schulden komme, und wie viel im Mittelpunkt alter Religion dem Gott Eros selbst angehöre, ist eine kaum hie und da angeregte und erst im Zusammenhang geschichtlicher Forschung über des Gottes Wesen und Bedeutung zu lösende Frage. Mehrere allgemeine Grundsätze mythologischer Forschung müssen der Beantwortung dieser Frage vorangehn.

Zu solchem Behuf erinnern wir uns, wie in den Religionen des Alterthums alle Göttermacht auf der Götter Botmäßigkeit über die erschaffne Natur beruht; erst auf den Grund dieser Herrschaft ist auch der sterbliche Mensch den Göttern unterthan. Nächstdem erwägen wir, wie alle hochgestellten Gottheiten des Alterthums, jede von ihnen im Lande oder Volksstamm auf den sie ursprünglich beschränkt war, zugleich als schöpferische und als regierende Mächte bezeugt sind, und machen von diesen beiden Grundsätzen sofort unsre Anwendung auf den Gott Eros. Etwa wie Zeus der Erretter und Zeus der Besitzgott einem und demselben auf Naturmacht

A

wurzelndem Götterbegriff, angehören, giebt auch Eros im Allgemeinen als ursprünglicher Naturgott, nächst diesem seinem Grundbegriff aber einerseits als Schöpfer des Weltalls, anderntheils als belebender Naturtrieb der geordneten Schöpfung sich kund. Diese Gesammtidee des thespischen Gottes, welcher die Gegensätze des ältesten und des jüngsten, des himmlischen und des irdischen, des hesiodisch-orphischen und des anakreontischen, des selbständigen oder des an Aphrodite geketteten Eros durchgängig sich unterordnen, haben wir nun im Einzelnen nachzuweisen. Was uns hiebei hauptsächlich entgegensteht ist der jede andre mythologische Entwickelung überbietende Umschwung, den Poesie und Philosophie von der frühesten bis in die späteste Zeit auf den Begriff dieses beliebtesten aller griechischen Götterwesen geäufsert haben. Weder die rein poetisch gebliebne Vervielfältigung des Eros in eine unendliche Vielzahl gleichartiger Flügelknaben[4], noch auch der daran geknüpfte Begriff tändelnder Liebesverführung darf, wo der eigenste Sinn dieses Gottes erforscht werden soll, voreilig in Rede kommen, und wenn ein doppelter[5] oder dreifacher[6] Eros im Eros, Pothos und Himeros[7] altgriechischen Tempeldienstes allerdings wohl begründet ist, so müssen doch Ausführungen dieser Gegensätze, selbst wenn sie vom göttlichen Plato stammen —, es mufs die Trennung des himmlischen und des irdischen Eros[8] nicht weniger als die Paarung von Eros und Anteros, seine allegorische Abkunft von Poros und Penia[9] eben so sehr als die mythische von Aphrodite für den Zweck dieser Abhandlung vorerst in den Hintergrund treten.

Unerwähnt bei Homer, ist Eros zuerst aus Hesiods kosmogonischer Auffassung[10], nebenher aus der davon unabhängigen Lobpreisung bekannt, durch welche ihn der askräische Sänger gleich andern Gottheiten seiner Heimath hervorhebt[11]. Der hochgestellte Erosdienst seiner Nachbarstadt Thespiä mochte besonderen Anlafs dazu gegeben haben, und glücklicher Weise ist die Beschaffenheit dieses rein hellenischen[12] Dienstes uns nahe genug bekannt, um einerseits die universelle Bedeutung des Eros als Schöpfungsgottes, anderntheils seine Geltung als Kampf- und Liebesgott, beidemal ohne Beziehung auf Aphrodite, daran knüpfen zu können. Im böotischen Thespiä[13], dem als heilige Stätte des Eros höchstens das stammverwandte Parion[14] zur Seite stehn kann, ward Eros als roher Stein, also in altbekannter pelasgischer Weise derjenigen ähnlich verehrt, welche für alle ältesten Gottheiten Griechenlands üblich war und in den viereckten Pfeilern des Hermes, wie in der Säulenbildung des Apollo Agyieus, auch späterhin üblich blieb. Der Begriff schöpferischen Naturtriebs, der aus dieser letzteren Gottheit spricht, ist auch für Eros nachweislich; ohne dem thespischen Stein die öfters für ihn vorausgesetzte phallische Form[15] ohne Weiteres zuerkennen, oder durch späte Analogien den Eros zum phallischen Gott gleich Hermes steigern zu wollen[16], haben wir doch der sophokleischen Lobpreisung Eros des Heerdengottes und neben andern darauf bezüglichen Spenden auch einem Dichterzeugnifs zu folgen, laut welchem Eros von Kypros her im neuen Lenz als der Erde Besamer[17] erwartet wird, eine Geltung mit welcher auch die fünfjährige Wiederkehr seiner Feste[18] wohl stimmt. Der damit ausgesprochnen Naturbedeutung des Gottes konnten die ältesten Natursymbole, Phallus sowohl als Schlange[19], nicht schlechthin fremd sein; doch blieb deren Anwendung jener reinen Göttlichkeit untergeordnet, vermöge welcher Eros von allen griechischen Göttern nur im Apoll seines Gleichen findet. Wie sie in unbewufstem Tiefsinn aus des Praxiteles Marmor strahlte[20], hatte der Volkssinn in reinen Strömungen ihren Ausdruck gefunden: im Haine des Erostempels zu Leuktra ward der durchfliefsende Strom durch kein Winterlaub befleckt[21], und in Thespiä, wo Narkissos durch spiegelnden Quell zur lieblosen Selbstbeschauung verlockt ward[22], waren die Sängerinnen helikonischer Quellen, die Musen, dem Dienst des Eros verbündet[23].

Aber nicht blos diese Quellnymphen harmonischen Gesangs, von deren Götterstimme Thespiä[24] benannt zu sein scheint, auch die gleichfalls böotischen Göttinnen aller Lebensharmonie, die Chariten, standen mit Eros in Verhältnifs[25] und wie das Naturgefühl alles aufwärts sprossenden leiblichen und geistigen Triebes in ihm sich aussprach, stand Eros auch mit den Mächten der Erdkraft[26] im Bunde. Von der Idee der Weltschöpfung, die er ausfüllte, war auch der Begriff von Erde und Unterwelt nicht zu trennen, und wenn dieser Begriff vor aller Fülle der Lebens- und Liebeskraft, die Eros darstellt, gemeinhin zurücktritt, so ist er darum doch keineswegs unbezeugt. Der unsichern Annahme zu geschweigen, als sei beim Trophoniosdienst von Lebadea auch Eros betheiligt gewesen[27], ist aus den vornehmsten Orten des Erosdienstes, aus Thespiä[28] sowohl als aus Parion[29], cerealischer Dienst bezeugt, und wie dort die Verknüpfung beider Kulte

durchaus wahrscheinlich ist, sind auch Bezüge des Eros zur eleusinischen
Feier, dem Verhältnifs Athens zu Thespiä entsprechend, aufser Zweifel([30]);
sonstige Bezüge desselben Gottes zu Demeter und der Göttermutter treten
hinzu([31]), wie denn hauptsächlich auch der samothrakische Göttername Axi-
eros, der dem Eros gleichlautend von Mnaseas auf Demeter gedeutet wird([32]),
den Beweis jener Wechselbeziehung vollenden hilft. Mit solchen Götter-
mächten selbständig verbunden und in der einfachsten Form bild- und
namenlosen pelasgischen Götterwesens hochgefeiert, hatte der thespische
Naturgott gerechten Anspruch für älter als andre Naturgottheiten, für
einen Gott unbekannten Ursprungs so lange zu gelten, bis Dichterstimmen,
wie Sappho Simonides Ibykos sie ihm boten, in Chaos Uranos Kronos die
einzigen Mächte verkündeten, die einen so gewaltigen Gott an Alter zu
überbieten vermöchten([33]), dagegen denn, um auch ihr überschwengliches
Wissen als ungenügend zu entkräften, der neu begeisterte Glaube an Eros
als ewig jungen Lebens- und Liebesgott mit der Versicherung ihnen entgegen trat, dafs Eros von allen Göttern der jüngste sei([34]). Vom Ruhm
dieses wundersamen böotischen Gottes erfüllt, blieb die priesterliche Poesie
Böotiens in seiner Verherrlichung nicht zurück: während sie einerseits dem
Volksglauben entsprechend in Eros einen Weltschöpfer([35]) und Weltord-
ner([36]), gleich Zeus Apollo und Kadmilos-Hermes, in seiner Lyra das Sinnbild der Weltharmonie, in Bogen und Fackel das Sonnen- und Lebenslicht
verkündete([37]), und mit aller Fülle des Schöpfungsgottes vermuthlich auch
alle Gewalt eines Lebens- und Todesgebieters ihm beimafs, liebte sie an-
dererseits den geheimnifsvollen Ursprung des vater- und mutterlosen Eros
durch seine Geburt aus einem Weltei, gleich Phanes und gleich Protogonos-
Erikapäos([38]), sich auszumalen und auch die mannweibliche Bildung([39])
asiatischer Urwesen auf Eros zu übertragen.

Unberührt wie von schwächendem Sinnenreiz so auch vom subtilisi-
renden Tiefsinn orphischer Theologie, stellt der thespische Eros in aller
belebenden Frische und Selbständigkeit des hellenischen Geistes sich dar.
In den sinnvollen Festgebräuchen jener Stadt war jener lebenskräftige Naturgott, den Hesiod als schönsten und unwiderstehlichsten aller Götter,
aber auch als Sorgenbefreier uns vorführt, während Beinamen seines Dienstes als königlichen und Freiheitsgott ihn bezeichnen([40]), ein durchgängiger
Führer und Vorstand leiblicher und geistiger Ausbildung geworden, wie er

in mehreren Städten Böotiens und eben so in Kreta, Samos und Sparta
es blieb(⁴¹). Gefeiert im Sinn der Eleutherien von Plataä und des orchomenischen Charitenfestes(⁴²) war Eros ein Gott des Kampfes in Krieg
und Frieden —, ein Beschützer der zum Kampf und zu sonstiger Einigung
mit einander verbrüderten Liebenden, wie Theben hauptsächlich als heilige
Schaar sie kennt und Opfer unmittelbar vor der Schlacht dem Eros gewid-
met(⁴³) es bezeugten, aber auch ein Gott der durch verbündeten Kampf
gesicherten Freiheit und, wenn er die Waffen abgelegt, der einträchtigen
Staatsgewalt, die in öffentlichen Gebäuden sein Bild zur Schau trug(⁴⁴).
Jener Verbrüderung zum Kampfe für Freiheit und Vaterland stand nun Eros,
der angestammte große Naturgott des Landes, zunächst als der Gott geselli-
ger und gesitteter Neigungen vor: die griechische Männerliebe, die unter
seinem Schutze gepflogen ward, stand bis auf die Zeit der Pisistratiden in
unbescholtenstem Ruf, und von Unsittlichkeit vollends der thespischen Erosfeste ist kaum aus spätester Zeit ein sicheres Zeugniß vorhanden(⁴⁵). Wohl
aber mochte sowohl die Reinheit ihrer Verbrüderung als auch die unwider-
stehliche Gewalt mit welcher die von Eros beschützten Liebenden fürs
Vaterland kämpften, ihnen die hohe Anerkennung gewähren, durch welche
in dorischen Staaten kein edler Jüngling seines Liebenden hätte entbehren
mögen —, eine Volksansicht, die auch in mythischer Form aus der böotischen Heimath des Erosdienstes uns vorliegt, nämlich in der Narkissossage,
die eines blühenden Jünglings Untergang durch lieblose Selbstbespiegelung
meldet.

Als Festgebräuche zu Ehren des thespischen Eros werden musische
sowohl als auch Waffenkämpfe erwähnt(⁴⁶). Die bevorzugte Gattung dieser
letzteren ist ohne Zweifel uns angezeigt, indem uns Leyer und Bogen
als gültigste Attribute des Eros bekannt sind(⁴⁷). An den rohen Götter-
stein geheftet(⁴⁸) mochten sie ursprünglich jenem doppelten Wettkampf
gelten, dessen athletische Hälfte wir zumal im Zusammenhang kretensischer
Erosfeste ohne Befremden als Schützenübung(⁴⁹) und als den Anlaß uns
denken dürfen, warum das schöne Symbol der Lyra dem Eros verhältniß-
mäßig selten(⁵⁰), das Beiwerk des Bogens(⁵¹) aber zugleich mit palästrischer
Jugendblüthe(⁵²) seinen berühmtesten Darstellungen gegeben ist. Anlässen
sonstiger Art ist ein drittes für Eros nicht minder bezeugtes Attribut, das
der Fackel(⁵³) beizumessen, deren symbolischer Bezug auf blühendes oder

B

erloschenes Leben, wie sie auf- oder abwärts gekehrt den Eros zum Lebens-
oder Todesdämon gemacht hat, ohne Zweifel später ist als die zunächst
liegende Bedeutung nächtlicher Feier. Eine solche dem Gott thespischer
Wettkämpfe beizumessen sind wir durchaus nicht berechtigt; wohl aber konnten an gleichem Ort aphrodisischer([54]), oder noch füglicher der schon oben von
uns berührte cerealische, Götterdienst den Eros in gleicher Weise erscheinen
lassen wie anderwärts der eleusinische Jacchos als Fackelträger und als licht-
bringender Stern der Erdgöttin und ihren Festen leuchtet([55]). Begünstigt
wird eine solche Ableitung des fackeltragenden Eros auch durch die Flügelbildung, die ungefähr seit der sechzigsten Olympiade bekanntestes
Merkmal dieses Gottes geworden sein mag([56]) und für den Begriff des
Eros, wie er allmählich sich festgestellt hatte, sehr ausdrucksvoll ist. Der
stürmische Luftschritt, den ihm die Flügel gewähren, steht ihm als Kampfgott wohl an und ist in solcher Geltung dem personificirten Agon([57]) ge-
blieben —, ferner reiht der erst spät entwickelte, aber in Vergötterungen
des Luft- und Frühlingshauchs, wie Erikapäos([58]), vielleicht schon früher
begründete Begriff eines die Luft durchgaukelnden Liebesgottes([59]) sammt
der darauf begründeten Abstammung von Zephyros und Iris([60]) demselben
Gedanken des wehenden, stürmenden, säuselnden Geistes sich an, dessen
Offenbarung durch Eros zugleich mit der Winde Gemeinschaft schon Kronos
erzeugt haben sollte([61]). Streng genommen sind jedoch weit weniger Gründe
vorhanden dem Eros, einem ursprünglich sehr selbständigen Gott, jene
zuerst vielleicht aus beflügeltem Phallen([62]) entstandne Beflügelung beizulegen als den mancherlei anderen Götter- oder Heroenwesen, deren dämo-
nische Kindsgestalt nur in Zusammenhang mit sonstigen Götterdiensten, cerealischen oder auch aphrodisischen, in Jacchos Triptolemos Plutos Adonis
und Phaethon([63]), sich nachweisen läfst, und es drängt daher, die regel-
mäfsige Beflügelung des Eros zu erklären, vielmehr die Vermuthung sich
auf, als habe in Übereinstimmung dortigen Kunstgebrauchs([64]) dasselbe
Korinth ihn mit Flügeln zuerst ausgestattet, welches, wie wir gleich näher
erweisen, auch als aphrodisischen Fackelträger zuerst ihn uns kennen lehrt.

Hiemit sind wir denn auf einen Standpunkt der Untersuchung geführt,
auf welchem des Eros Verhältnifs zur Liebesgöttin Aphrodite, richtiger
als die gewöhnliche Ansicht es auffafst, festgestellt werden kann. In Widerspruch mit dieser Ansicht und mit dem ihr verknüpften Irrthum als seien

beide Gottheiten von Anfang an unzertrennlich verbunden gewesen, fanden wir, dafs der älteste Erosdienst auch unabhängig von andern Gottheiten bestand, ferner dafs unter den ihm nachweislichen Götterverbindungen nächst Musen und Chariten nicht sowohl aphrodisischer als vielmehr cerealischer Dienst sich kund gibt, wonach denn mit Sicherheit sich vermuthen läfst, dafs die aus ältester Kultusform unbezeugte Verbindung des Eros mit Aphrodite erst aus der Analogie dieser Göttin mit der ihr so oft gleichgeltenden cerealischen Kora([65]) entstanden sein mag. Somit wird es begreiflich wie noch bei Phidias Eros als selbständiger Gott Aphroditen bei ihrer Geburt empfing([a]), ohne Zweifel in der erwachsenen Bildung([66]), die auch als Tempelgenossen der Chariten([b]) und selbst der Glücksgöttin([c]) ihm zustehen mochte, und wenn Theognis den Eros als beglückenden Frühlingsgast von Kypros her erwartet([67]), so ist diese zugleich dem dortigen Aphroditedienst geltende Hinweisung vermuthlich eben auch wieder als Gleichstellung beider Gottheiten zu verstehen. Dagegen verkündete schon Parmenides den Eros als erste Schöpfung Aphroditens, und es ward Dichterbrauch die hohe Gewalt der Liebesgöttin zuerst in Liebeserregung, mythisch ausgedrückt in des Eros Geburt durch Aphrodite, zu preisen([68]), wonach dann bei Plato es feststeht dafs Aphrodite nicht ohne Eros zu denken sei([69]), und umgekehrt ein selbständiger von Aphrodite ganz unabhängiger Eros aus dem späteren Alterthum, namentlich in Kultusbeziehungen, fast unbezeugt ist([70]).

In altem Tempeldienst scheint diese Verbindung des Eros mit Aphrodite nicht sowohl spät erfolgt zu sein, als vielmehr der vereinzelten Auffassung gewisser Kulte anzugehören, durch deren Ansehn beider Götter Gruppirung bis zur Verdunkelung des früheren Verhältnisses durchdrang. Es geschah dies in Folge jenes schon oben berührten Entwickelungsganges des griechischen Polytheismus, der bald eine männliche Gottheit bald eine weibliche zur Hauptgottheit machte und zu deren Verherrlichung mit sonstigem Götterpersonal sie umgab. Der selbständige Erosdienst, der in Thespiä seine würdigste Stätte gefunden hatte, liefs eine sonstige Götterumgebung, zumal von höherer Geltung, nicht leicht zu, wie ja auch die Dienste des Zeus, Apollo und Hermes zu einer Beisitzerin erst allmählich gelangten([71]). Während nun aber in solchen Erosdiensten ältester Art die reife Jünglingsgestalt des thespischen Gottes nur mit den spendenden Mittelspersonen seiner

B 2

Gotteskraft, mit Tyche oder mit Musen und Chariten, verbunden erschien, zeigt ein gleichbenannter Gott sich als beflügeltes Kind im dämonischen Dienst einer Göttermutter, welche, vermuthlich aus asiatischer Wurzel, unter verschiedner Benennung den Eros mit sich führt. Eine solche Göttermutter ist nicht nur wiederum die hie und da auch von Eros als Knaben begleitete Glücksgöttin Tyche([72]), sondern auch und hauptsächlich die als Mutter des Eros von Olen besungene, in Delos und auch in Athen verehrte Schicksalsweberin Ilithyia([73]), eine Göttin welcher theils die von Cicero als Mutter des ältesten Eros gekannte Artemis - Hekate([74]), theils in der That auch Aphrodite([75]) gleich kommt, sofern deren delischer([a]), attischer([b]), karischer([c]) Dienst auch diese Göttin als uralte und von einem Knäblein begleitete Schicksals - Göttin uns kennen lehrt. Nicht minder unzweifelhaft ist diese letztgedachte Verbindung Aphroditens mit einem Knaben aus dem bereits mehrbesprochenen samothrakischen Verein einer mit Phaethon gepaarten und von Pothos begleiteten Aphrodite([76]), ein Verein den man zunächst auf Umgebung der Göttin durch zwei gleichartige Dämonen([77]) zu deuten geneigt ist, der aber im Tempelbild einer berühmten dreifachen Herme([78]), der samothrakischen Trias von Dionysos Kora und Hermes beigeordnet, als Verein Aphroditens mit Apollo und Eros sich kundgibt —, Gottheiten von denen dieser dem Pothos gleichgilt, Apollo aber dem Phaethon so gut als dem Helios entspricht([79]), Apoll mit der kosmischen Lyra, Eros mit der Mysterienfackel versehen ist. Nachweislich ist derselbe Verein auch aus Münzen von Korinth([80]), auf denen, wenn nicht in Zusammenstellung, doch in häufiger Vereinzelung, Helios sowohl als Aphrodite erscheinen, und mit dieser letzteren dann und wann auch ein Eros gruppirt ist; nachweislich aus Megara auch der ähnliche, in welchem Aphrodite, von drei Gestalten des Eros, von Eros Pothos und Himeros, zugleich mit den Chariten umgeben war([81]).

Jenes unschätzbare Tempelbild einer gleichgeltenden oben und unten vertheilten samothrakischen und korinthischen Götterdreizahl gewährt uns zu weiterem Verständnifs unsres Gegenstandes, nächst der Nachweisung eines fackeltragenden Eros im cercalisch-aphrodisischen Tempeldienst, hauptsächlich die Gleichsetzung Aphroditens mit Persephone-Kora, des Eros aber mit Hermes. Begriff und Abkunft des Eros ferner zu würdigen sind diese Götterverknüpfungen von erheblicher Wichtigkeit. Nachdem wir den Weltschöpfer

Eros sowohl im hesiodisch-orphischen Gotte von Thespiä, als auch im Flügelknaben kennen, der bald ein Mysteriendämon, bald nur ein Flattergeist ist, kann von der Möglichkeit kaum noch die Rede sein, den seit Plato bezeugten Unterschied des himmlischen und des irdischen, des älteren und des jüngeren Eros, auf zwei ursprünglich verschiedne Gottheiten zurückzuführen; auch die vielleicht asiatische([82]) Flügelbildung des Eros kommt zum Behuf solcher Trennung nicht in Anschlag, indem schon durch alte Ableitung dafür gesorgt ist, eine wie die andre Person des Eros auf H e r - mes als Vater, auf A p h r o d i t e als Mutter zurückzuführen. Cicero Lactanz und selbst Kunstdenkmäler liefern die Belege hiezu([83]), bei denen vorausgesetzt werden darf, dafs Aphrodite in Bezug auf jenen zweifachen Eros einmal als Schöpfungsgöttin Urania, das andremal als Alltagsgöttin Pandemos, und eben so Hermes bald als phallischer Naturgott bald als listiger Götterbote gedacht ward. Im Wechselspiel sonstiger Ableitungen ist dies Verhältnifs verdunkelt: statt Aphrodite-Urania's werden Ilithyia Artemis Hekate([84]), und eben so statt des Marktgottes Hermes Zeus selbst als allmächtiger Vater des unwiderstehlichen Liebesgottes genannt([85]); nichtsdestoweniger aber bleibt als Ergebnifs aller dieser Stammsagen der unabweisliche Satz zurück, dafs des Eros Natur hauptsächlich durch Hermes und durch Aphrodite begründet ist.

Was hiebei dem H e r m e s betrifft, so ist leicht zu erweisen, dafs Eros, unbeschadet der genealogischen Ausführung, welche in ihm einen Sohn des derben Zeugungsgottes verwandter Volksstämme erkennen liefs, eine dem Hermes durchaus entsprechende und ursprünglich gleiche Gottheit ist. Zuvörderst sind beide Götter einander selbst etymologisch verwandt([86]). Sie fallen zusammen im Inselnamen Imbros, der zugleich ein heiliger Name des Hermes und in der Nebenform Himeros zugleich ein Doppelname des Eros ist([87]), aber noch mehr im Begriff, indem beide Gottheiten dem Wettkampf der Jugend in Leibesübung und Saitenspiel vorstehn, endlich auch in gemeinsamer Hermenform([88]) und in der beiderseitigen Herkunft von einem und demselben tyrrhenisch-pelasgischen Volksstamm, der in Samothrake den Hermesdienst, in Parion aber und vielleicht auch in Böotien den Dienst des Eros begründet hatte([89]). Einer so wesentlichen Übereinstimmung ging allerdings auch manche Verschiedenheit beider Gottheiten zur Seite, wie die mannigfaltige Entwickelung stammverwandter Gegenden allzeit es zuliefs:

Eros erschien als allgemeiner Naturtrieb, Hermes als der zeugungslustige
Gott, dessen derbere Sinnlichkeit ihn demnächst auch als Vater des ältesten
Eros bezeichnen liefs, während der jüngste und volksmäfsigere vom olympi-
schen Göttervater mit Aphrodite erzeugt sein sollte ([90]).

Unzertrennlich geworden von Eros macht nun auch Aphrodite auf
unsre gründlichste Kenntnifs ihres Götterwesens Anspruch, wenn es uns
gelingen soll den gemeinhin so fest ihr verketteten Eros hinlänglich zu würdigen. Im Götterverein des samothrakischen dreifachen Hermenbildes fanden wir sie der Kora gleich; so sehr aber auch diese Gleichsetzung, namentlich aus Kunstdenkmälern bezeugt sein mag, in denen die wiedererstandene
schöne Cerestochter alle Gestalten und Reize der kyprischen Göttin in sich
vereinigt ([91]), so wenig kann eine solche vielleicht willkürliche Ähnlichkeit
an und für sich die ursprüngliche Verwandtschaft beider Göttinnen beweisen.
Wohl aber ist auch die volle Begründung dieses Verhältnisses uns gestattet,
wenn wir Demeter und Aphrodite in mehr oder weniger offenkundig ver-
bundenen Götterdiensten aus Samothrake und Lemnos, aus Korinth und
Sikyon, aus Argos und anderen Orten nachweisen können ([92]), und wenn
überdies auch der Umstand erwogen wird, dafs beide Göttinnen seit frühester Zeit ihren dämonischen Lieblingsknaben, Demeter ihren Jacchos, Aphrodite in Kypros ihren Phaethon hatte ([93]). Bei so alten und weitausgedehnten
Berührungen cerealischen und aphrodisischen Götterwesens und Götter-
dienstes, wird nun auch die unteritalische Auffassung verständlicher, laut
welcher Kora, die Tochter Demeters und mystische Gemahlin des Dionysos,
durchgängig als eine vereinigte Aphrodite-Kora erscheint, und was den ihr
verknüpften Mysteriendämon ([94]) betrifft, so liegt es vollends am Tage,
dafs diesen anschaulich zu machen keine andre Person und Bildung geeigneter
war als die für Demeter sowohl als für Aphrodite genehme, nachgehends
auch mit Dionysos befreundete ([95]), des beflügelten Eros. Indem aber dieser, mehr oder weniger knabenhaft, im Bilderkreis mystischer Darstellungen
die Dionysosgemahlin sammt deren Gemahl und sammt dem Kreis der Bac-
chanten und Mysten umgaukelt, hat die sophistische Mysterienweisheit, die
jenen Bildern zu Grunde liegt, ihm noch eine andere Eigenschaft beigelegt,
welche den wunderbaren Mysteriendämon Eros dem ihm gleichnamigen
Weltschöpfer gleichstellt —, wir meinen die Eigenschaft mannweiblichen
Doppelgeschlechts.

Dieser Hermaphroditismus des einfach([96]) oder auch mehrfach([97]) gedachten mystischen Eros ist aus orphischer Auffassung, des Eros und Dionysos sowohl als auch andrer verwandter Götterwesen, zwar hinlänglich bezeugt([98]), in dem Umfang jedoch und in den cerealisch-bacchischen Bezügen, welche jene Mysterienbildnerei Unteritaliens ihm anweist, weder durch deren vermuthliche Herkunft aus attischem Einfluss([99]), noch auch durch sonstige Analogien griechischer Kulte hinlänglich erklärt. Im Allgemeinen sind wir berechtigt jenes durch orphische Lehren viel verbreitete Doppelgeschlecht einzelner Götterwesen auf Rechnung der ausländischen Einflüsse zu setzen, welche von Asien her vermittelst der thrakischen Stämme in Griechenland nur allmählich und in geschlossenen Kreisen sich geltend machten([100]), und da in Griechenland Attika der willfährigste Mittelpunkt solcher ausländischen Einwirkung war, so gewinnt die an und für sich nur lose begründete Verwandtschaft attischer und unteritalischer Kunst durch jenen dem ältesten Griechenland fremden Hermaphroditismus um so eher eine Bestätigung, je weniger wir ein sonstiges unmittelbares Verhältniss griechischer Kulte zu irgend einer jener von Haus aus androgynen Religionen in griechischer Mitte anzunehmen befugt sind. Den hermaphroditischen Eros betreffend, so ist außer seiner durch Attribute bacchischer und aphrodisischer Geltung([101]) augenfälligen Bedeutung der Umstand besonders wichtig, dass jene derbe Sinnlichkeit, in welcher die kyprische Bartgöttin und ähnliche Gottheiten eine überschwengliche Naturfülle anzeigten, ihm durchaus fern liegt. Wohl vereinbar mit der Idee wechselnder Mondeskraft, welche allen uns bekannten hermaphroditischen Bildungen ursprünglich inwohnt([102]), ward zum Behufe der Kultusbilder bald die derbere Männlichkeit syrischer, sabazischer und kyprischer Idole([103]), bald die weichlichere Natur des phrygischen Deus Lunus oder Mensis und jene gangbarste Hermaphroditenbildung beliebt, die bei übrigens weibischem Körperbau eine schlaffe und unentwickelte Männlichkeit zeigt([104]). Gewiss würde man Unrecht thun dieses den Künstlern willkommene Naturspiel lediglich auf Rechnung einer verzärtelten Kunstrichtung zu stellen, da es ursprünglich vielmehr bestimmt war vom doppelkräftigen Erd- und Mondgeist bestehender Naturordnung den doppelfähigen stets in neuer Entwickelung begriffenen Weltgeist zu unterscheiden, dessen geheimnissvolles Walten den herrschenden Göttern dämonisch zur Seite steht. Der hesiodische Weltschöpfer Eros, welcher dem Chaos zur Seite als erster Naturtrieb alle Zeugung hervorruft, ohne unmittelbar und selbst zu zeugen([105]), ist in seiner ältesten Bedeutung, doppelgeschlechtig ohne Zeugungskraft, hier fortgeführt: wie im Anbeginn der Dinge haucht er, bevor die Zeugung beginnt, der Welt Odem ein und entspricht in dieser Bedeutung offenbar der räthselhaften Stellung, in welcher das herrschende mit Dionysos und Kora gleichgesetzte samothrakische Götterpaar einer Urgottheit des Weltodems nachsteht, welche als Eros im engeren Sinn Axi-Eros, das heifst „Ehren-Eros", genannt und durch Gleichsezzung mit Demeter zugleich für männlich und weiblich erkannt ist.

Wechselnde Auffassungen konnten bei so geheimnifsvoller Bedeutung und Bildung nicht fehlen. Die hermaphroditische Jünglingsbildung, welche beflügelt als Eros erschien und durch satyreske Merkmale zuweilen ins bacchische Wesen hinüberspielt([106]), ward auch als bildlicher Ausdruck des mystischen Dionysos-Jacchos passend befunden([107]); daneben aber fiel diese Jünglingsbildung durch die bekannte, in der Geburt aus dem Weltei auch orphisch begründete Kindsgestalt desselben Gottes wieder weg. Durch ein so augenfälliges Wechselspiel zwei gleich bezeugter Bildungen desselben Gottes und der ihnen zu Grunde liegenden Sagen wird uns das Räthsel erklärlich, wie die Urgottheit Axi-Eros zugleich einen Eros besagen und eine Erdgöttin Demeter bedeuten konnte: entweder ein Eros in reifer hermaphroditischer Bildung ward jener Gottheit entsprechend befunden oder, wenn Eros vielmehr für ein kaum geborenes Knäblein galt, eine ihn tragende Urgottheit höherer Potenz, auf welche der Hermaphroditismus des ersten Weltkeims nicht mindere Anwendung fand. Es wird uns ferner die Marmorgruppe des Flügelknaben verständlich, den ein Hermaphrodit trägt([108]). Dieser Hermaphrodit darf an die delische Mutter des Eros erinnern, deren mit Aphrodite wechselnder Name Ilithyia auch in der männlichen Form Ilithyios([109]) sich findet; wahrscheinlicher aber ist Axi-Eros und als Ministrant dieser Gottheit ein Flügelknabe gemeint, dieses um so wahrscheinlicher, da das bacchische Götterpaar, dem dieser huldigt, die vollständige Vierzahl samothrakischer Göttinnen in eigenthümlicher Weise von neuem uns vorführen hilft([110]).

So sehr wir nun auch geneigt sind in jenen hermaphroditischen Bildungen, die des Eros nicht ausgenommen, nur eine Subtilität orphischen Mysterienwesens zu erkennen, so alt und durchgreifend erscheint uns doch

billigerweise deren Geltung, sobald wir zugleich der schon oben besproche-
nen Abstammung des Eros von Hermes und Aphrodite gedenken. Dieser
Abstammung zufolge ist Eros ein Hermaphrodit im eigensten Sinn des
Wortes, nämlich ein aus Hermes und Aphrodite entstandenes Wesen: aus
Hermes, dessen Urbild schlaff männlichen Hermen mit dem cerealisch-
aphrodisischen Modius zu Grunde liegt, aus Aphrodite, deren Urbild sich
in mannweiblichen Hermen mit Frauenkopf und mit Andeutung des Hermes-
stabs eben so wenig verkennen läfst(¹¹¹). In beiderlei Formen viereckter
mannweiblicher Hermenbildung, und vollends in der ohne Zweifel gleichgeltenden weichlichen Hermaphroditengestalt der verfeinerten Kunst, findet
die Männlichkeit eben so schlaff und unentwickelt gemeinhin sich angegeben
als in den vorgedachten hermaphroditischen Bildungen des Eros; aber ganz
wie bei diesem, läfst auch in jenen scheinbar von Eros unabhängigen Bildungen die Idee des uranfänglichen kosmischen Triebes, des ersten noch
unentwickelten Weltodems und Weltkeims, sich erkennen. Im Sinn eines
solchen ersten Weltschöpfers, der im Zeitalter spekulativer und mystischer
Religionsmischung gern hervorgesucht wurde um neben den anerkannten
volksmäfsigen Göttern besondrer Verehrung, sei es aus religiösem Tiefsinn
oder dem sinnlichen Reiz seines Doppelgeschlechtes zu Liebe, theilhaftig zu
werden, ist nun allem Anscheine nach, dem hesiodischen Eros sowohl als
dem orphischen Phanes gleichgeltend, ein eigner Gott Hermaphrodit
verehrt worden, für dessen hie und da geübten Kultus schriftliche sowohl
als monumentale Zeugnisse hinreichend vorhanden sind(¹¹²).

Bei solcher Geltung des hermaphroditischen Eros und bei dem Bezug
auf nächtliche und Unterweltsmächte, den wir schon oben für Eros als
Fackelträger in Anspruch nahmen, ist die gewöhnliche Annahme von Mysterien des Eros keineswegs ungereimt; dennoch glauben wir, wie schon
von Andern geschehn, diese Annahme(¹¹³) ablehnen zu müssen, indem für
uns zu dem Mangel entscheidender Zeugnisse noch die Erwägung hinzutritt,
dafs die so lebensfrische als selbständige Natur des thespischen Dienstes
eine dem Eros bei- und untergeordnete Mehrzahl chthonischer und dämoni-
scher Mächte nach der Art sonstiger Mysterienvereine(¹¹⁴) keineswegs wahrscheinlich macht. Um so weniger aber ist daran zu zweifeln, dafs Eros im
Kreise sonstiger Mysterien, zu denen er als ein ursprünglich fremder Gott
in ähnlicher Weise wie Dionysos, Hermes und Herakles herangezogen war,

C

eine bedeutende Stelle einnahm: seine Verherrlichung im cerealischen Sän-
gergeschlecht der Lykomiden spricht dafür eben so unverkennbar als seine
Stellung in den cerealisch-bacchischen Mysterien Unteritaliens und als seine
mehrfach bezeugte Verehrung in Hauptsitzen cerealischen Dienstes. Als
leuchtender, läuternd uud schöpferisch wirkender Dämon solcher gefeiert-
ster Mysterien war dieser dem eleusinischen Jacchos ganz entsprechende
Eros für Religion, Poesie und Kunst gewiſs nicht minder erfolgreich, als
wenn er in Thespiä Haupt- und Mittelpunkt eines selbständigen Mysterien-
kreises gebildet hätte; daſs dem so sei, läſst zum Schluſs unsrer Darstellung
aus mehreren mythischen Personen, denen Bild und Idee des Eros zu
Grunde liegt, noch jetzt sich erweisen.

Um diese Nachweisung mythischer aus dem Gott Eros ent-
standener Wesen zum Schluſs dieser Abhandlung mit einiger Gründlich-
keit zu führen, vergegenwärtigen wir uns nochmals die tiefsinnige Auffassung
des thespischen Gottes, der aller täglichen Ausübung seines von Kämpfern
und Sängern gepriesenen Schutzes ungeachtet von Sängern verwandten Stam-
mes, wie Hesiod und wie auch die Orphiker es waren, als erster Weltordner
und uranfänglicher Weltgeist gefeiert wurde. Dieser Weltgeist, älter als
die platonische Scheidung doppelter Menschengebilde durch Zeus ([115]),
offenbart sich als Hermaphrodit, theils in der samothrakischen die Idee von
Demeter und Eros verknüpfenden Gottheit *Axieros*, theils im cerealisch-
bacchischen *Mysteriendämon*. Wie dieser Eros in seiner mannweiblichen
Auffassung ein Urbild physischer Fortpflanzung ist, erscheint er, die Fackel
der Mysterien tragend, zugleich als Führer und Vorbild allen geistigen Men-
schenlebens, bald mit erhobener Flamme in belebender und seelenläutern-
der Geltung, bald auch bei umgekehrter Fackel als ein Verkündiger des
erlöschenden Lebens. Verschiedene Kunstgestalten sind in diesem Zusammenhang leicht verständlich, zumal wenn die nahe gelegte Freiheit vorausgesetzt werden darf die geflügelte Knabengestalt Eros des Gottes auf jedes
der sterblichen Individuen überzutragen deren Vorbild er war. So steht
zuvörderst Eros, dem heiteren Lebens- und Liebesgott, sein Doppelgänger
Anteros, Aphroditens von Ares erzeugter Sohn, ein Dämon wetteifernder
gekränkter Liebe entgegen([116]), und als ergänzendes Gegenbild des seelen-
läuternden, der Seele Sinnbild den Schmetterling brennenden, Gottes er-
wuchs in der schmetterlingsähnlich beflügelten *Psyche*([117]) ein Urbild aller

vom Eros zu höherem Leben berufener Seelen, wie Eros selbst für die menschlichen Geister ein in den *Genien* menschlicher Thätigkeiten([118]) öfters nachweisliches Urbild ward. Gleich jenen Lebensdämonen sind aber auch die dämonischen Gestalten erlöschenden Lebens nur als Ausflüsse der Gesammtidee zu betrachten, nach welcher Eros gleich dem ihm durchgängig ähnlichen Hermes sowohl ein Todes- als Lebensgott ist. In solcher Geltung als *Grabesdämon* mit umgekehrter Fackel findet er sich mit der sitzenden Gräbervenus und einem Bacchusidol gruppirt ([119]) und dient den zahlreichen Bildern zum Prototyp, in denen bei gleichem Fackelattribut der *Genius* oder Dämon *des Todten* von dem des Todes, der Flügelknabe *mit der gesenkten Fackel* vom ungeflügelten Todesgeber([120]) sich unterscheidet; dieser vielzähligen Ausdehnung aber des beflügelten Weltgeistes Eros zur unermefslichen Schaar menschlicher Genien steht in Begriff und Gestalt völlig entsprechend auch die von Eros gequälte *Psyche* in tausendfältigen der Weltseele ihrem Urbild entflossenen Menschenseelen gegenüber. Wenn bei neulicher Sichtung dieser allegorisch-mythischen Gestalten die Ansicht hervortrat, als sei Psyche dem Amor nur wegen der Seelenläuterung verbunden, die er durch seine Fackel vollbringt([121]), so hatte man, von allzuenger Auffassung des Mythos ausgegangen, allzuwenig den tödtlichen Einflufs erwogen, den diese im Dienste der Unterweltsmächte von Eros erhobene Fackel selbst in der allbekannten Gestalt des Genius mit der gesenkten Fackel ausübt. War im Ideenkreis, wenn nicht thespischer doch sonstiger, namentlich samothrakischer zu Korinth oder anderwärts geübter ([122]), Mysterien die im Mythos von Eros und Psyche verkörperte Seelenläuterung überhaupt ein Gegenstand des Nachdenkens geworden, so konnte man auch nicht umhin, nächst dem irdischen Spiel liebesseliger Seelenpein, Eros des leuchtenden Lebens- und Liebesgottes Verhältnifs zur leidenden Psyche, dem jenseits gerichteten Sinn aller Mysterien gemäfs, bis in die dunkleren Pfade des fackelsenkenden Eros zu verfolgen.

C 2

Anmerkungen.

(1) BISHERIGES über den Eros: hauptsächlich Manso's Mythologische Versuche S. 309 ff. Creuzer Symbolik III, 284. IV, 161 ff. N. A. Fiedler Mythol. S. 251 ff. Müller Handb. d. Archäol. §. 378. 391. Eckermann Mythol. II S. 2 f. 121 f.

(2) PLATO Symp. 197 D: Ἔρως ἐν ἑορταῖς, ἐν χοροῖς, ἐν θυσίαις γιγνόμενος ἡγεμών, — Χαρίτων, Ἱμέρου, Πόθου πατήρ.

(3) SOPHOKLES Antig. 782: Ἔρως ἀνίκατε μάχαν, ὃς ἐν κτήμασι πίπτεις, ὃς ἐν μαλακαῖς παρειαῖς νεάνιδος ἐννυχεύεις· φοιτᾷς δ' ὑπερπόντιος ἐν τ' ἀγρονόμοις αὐλαῖς, καί σ' οὔτ' ἀθανάτων φύξιμος οὐδείς, οὔθ' ἀμερίων ἐπ' ἀνθρώπων. Sonstige Dichterstellen gibt Athenaeus XIII, 11. Vgl. Eurip. Hipp. 523 ff.

(4) EROS VIELZÄHLIG: in den als Eroten oder mifsbräuchlich (vgl. Anm. 118) als Genien bekannten Flügelknaben, welche jedoch als Aphroditens oder der Nymphen Kinder (Philostr. Imag. 1, 6. Claudian. Honor. 96. Engel Kypros II, 406. Campana Op. plast. p. 66 s.) vom Eros altgriechischer Auffassung durchaus verschieden sind. Beispiele bei Manso Mythol. Versuche S. 349 ff. Clarac Musée pl. 641-651. Müller Handb. 391, 2. 5.

(5) DOPPEL-EROS. Einen ältesten und jüngsten Eros unterscheidet Cicero (Anm. 83); durchgreifender und bekannter ist die Platonische Unterscheidung eines himmlischen und irdischen Eros, Uranios und Pandemos (Anm. 8); beschränkter und der ethischen Begriffsanalyse gehörig der im Gebiet der Palästra erwachsene von Eros und Anteros (Anm. 116). Gepaart werden auch Eros und Himeros bei Aphroditens Geburt (Hesiod. Theog. 201); für Eros und Pothos (Anm. 8) giebt es ähnliche Verbindungen, dazu noch die mehr willkürlichen Unterscheidungen keuscher und unkeuscher (Phädrareliefs: Gerhard Bildw. XXI. Vgl. Prodr. S. 229, 3), beglückender und verderblicher (Doppelgeschofs: Eurip. Iphig. A. 538) Liebe. Diese so mannigfach bezeugte und verstandene Doppelheit des Eros macht denn auch die Erscheinung eines Erotenpaars, statt eines einzigen Eros, neben Aphrodite sowohl (Anm. 77) und in tändelnden Liebesgruppen, als auch im Mysteriendienst (Anm. 97) und neben bacchischen Wesen (Gerhard Etrusk. Spiegel 1, 85. Impr. d. Inst. II, 52-55), aber auch neben der Stadtgöttin Tyche (Anm. 72 nach Aristoph. Av. 1315) durchaus begreiflich.

(6) DREIFACH, etwa über drei Regionen herrschend, wie Zeus und Hermes, ist seiner berühmten Macht über Erde, Wasser und Naturwelt gemäfs auch Eros zu verstehen, sofern ein dreifacher Ἔρως mit Welcker Tril. S. 241 vorauszusetzen, und etwa durch den pränestinischen dreifach beseelten Herilus (Serv. zu Virg. Aen. III, 564) zu unterstützen wäre. Einen dreifachen Eros in anderem Sinne, nämlich einen ägyptischen Eros-Helios zum Doppeleros Uranios und Pandemos gefügt, nennt Plutarch Erot. p. 764.

(7) EROS, POTHOS UND HIMEROS, drei einem und demselben Begriff der Liebeslockung mit einiger Steigerung (Prodr. 108, 199) angehörige Wesen — εἰ δὴ διάφορά ἐστι κατὰ ταῦτὰ τοῖς ὀνόμασι καὶ τὰ ἔργα σφίσι, sagt bedenklich Pausanias I, 43, 6 — denen als Hochzeitsgötter etwa die mit Tyche gepaarten Ἔρωτες γενέθλιοι (Phot. Bibl. II p. 367. Vgl. Gerhard

Etrusk. Spiegel I, 52, 1) sich vergleichen lassen, waren nebst den Chariten Peitho und Paregoros durch Skopas und Praxiteles dem alten Tempelbild Aphroditens zu Megara beigesellt. Vergl. Prodromus mythol. Kunsterkl. S. 230, 8. Müller Handb. 391, 7. — Im wechselnden Sprach- und Kunstgebrauch finden Pothos sowohl (Panofka T. C. S. 92) als Himeros (Vase Santangelo: Rochette P. de Pompéji p. 37, 1) dann und wann in selbständiger Stellvertretung des Eros sich vor, wie auch Πόθοι und Ἔρωτες (Anth. Pal. IX, 570 ἄγαλμα Πόθων. Vgl. Ἔρωτες καὶ Πόθος IX, 324) gleichgalten. Pothos ist als samothrakischer Name des Eros von Plinius bezeugt (Anm. 76) und auch im attischen Gebet wird Pothos neben Aphrodite zugleich mit Hermes, Horen und Chariten angerufen (Aristoph. Pac. 455. Vgl. Pothos als doppelsinnige Blume Athen. XV, 679 D. Panofka Ann. d. Inst. II, 346 s.).

(8) URANIOS UND PANDEMOS. Dieser hauptsächlich durch Plato (Symp. 180 D) für Eros wie für Aphrodite begründete Gegensatz himmlischer und irdischer Wirksamkeit ist für Eros sonst wenig bezeugt. Nur in vereinzelter Darstellung ist Eros-Uranios, durch Inschrift so benannt, im flötenden Flügelknaben eines griechischen Reliefs (Maffei Mus. Veron. XLVII, 5. Vgl. Prodr. S. 238, 9) nachweislich; mit geringerer Sicherheit ist dieselbe Benennung dem Flügelknaben mit Palme eines anderen Reliefs (Anm. 70) beizulegen, und nicht ohne Willkür ist sie einem bewaffneten Flügeljüngling mit Kranz, der eher Agon heifsen dürfte, von Panofka (T. C. XXX), sowie einem ähnlichen Jüngling auf Blumenwerk von Campana (Op. plast. XIV p. 62) zugewandt worden. Nichtsdestoweniger scheint hie und da, namentlich auf Gemmenbildern (Taf. I, 6. 17 mit Anm.) eine Unterscheidung des Eros-Uranios vom Pandemos nachweislich zu sein.

(9) POROS UND PENIA, des Eros am Götterfeste von Aphroditens Geburt vereinigte Eltern nach Plato Symp. 203 B. (Vgl. Intpp. Max. Tyr. X, 4. p. 172 s.). Eine Kunstdarstellung dieses allegorischen Mythos glaubte Panofka im scherzhaften Thongebilde eines Eros zu erkennen, der einen kleineren Flügelknaben in einem Wägelchen nach sich zieht; doch dürfte dasselbe eher der Verbindung von Eros und Agon entsprechen. Vgl. Arch. Zeitung VII. (Denkm. und Forschungen 1849) Taf. II.

(10) WELTSCHÖPFER IST EROS laut Hesiod Theog. 116 ff. sammt Chaos und Gaea, eine Ansicht mit welcher die orphische Kosmogonie (Phanes: Clem. Strom. 6?2. Lobeck Agl. 1, 473 ff. 494 ff. Brandis Gesch. d. Philosoph. 1, 61) übereinstimmt.

(11) BÖOTISCHER POESIE gehört Hesiods Lobpreisung: ἠδ' Ἔρος ὃς κάλλιστος (Dio Chrys. III, p. 99) ἐν ἀθανάτοισι θεοῖσι, λυσιμελής, πάντων τε θεῶν πάντων τ' ἀνθρώπων· δάμναται ἐν στήθεσσι νόον καὶ ἐπίφρονα βουλήν. Wie hier dem Eros, dessen Hauptsitz Thespiä nahe bei Askrä lag, gilt einer andern böotischen Göttin, der Hekate, die bekannte längere Verherrlichung in demselben Gedicht (Theog. 411 ff).

(12) REIN HELLENISCH ist Eros nach ausdrücklichem Zeugnifs des Plutarch (Erot. 12 p. 756): οὐ γὰρ νῦν αἰτεῖ πρῶτον βωμὸν ὁ Ἔρως καὶ θυσίαν, οὐδ' ἔπηλυς ἔκ τινος βαρβαρικῆς δεισιδαιμονίας, ὥσπερ Ἄτται τινὲς καὶ Ἀδωναῖοι λεγόμενοι δι' ἀνδρογύνων καὶ γυναικῶν ... Vgl. Engel, Kypros II, 400.

(13) THESPIAE. Vom dortigen Erosdienst sagt Pausanias (IX, 27, 1): Θεῶν δὲ οἱ Θεσπιεῖς τιμῶσιν Ἔρωτα μάλιστα ἐξ ἀρχῆς· καί σφισιν ἄγαλμα παλαιότατόν ἐστιν ἀργὸς λίθος d. h. ein roher Stein (vgl. ebd. I, 28, 5. 37, 4. VII, 22, 3. Müller Handb. 66, 1); nicht aber, wie Schwenck (Gr. Myth. S. 268) versteht, ein weifser. Eben daher, jedoch nicht als Kultusbild, ist die Statue des Praxiteles (Anm. 20) berühmt.

(14) PARION. Nach Erwähnung des thespischen Dienstes fährt Pausanias (IX, 27, 1) fort: σέβονται δὲ οὐδέν τι ἧσσον καὶ Ἑλλησποντίων Παριανοί. Die Stadt war von Jasion gegründet und auch von tyrrhenischen Pelasgern bewohnt (Müller Orchom. S. 460. Vgl. unten Anm. 29).

(15) PHALLISCHE FORM des thespischen Steines wird nach Creuzers Vorgang (Symb. IV, 193. Vgl. Inghir. Vasi fittili III p. 73. Fiedler Mythol. S. 255. Engel Kypros II, 463) gemeinhin vorausgesetzt; fast mit gröfserem Fug hätte man Pyramidalform vermuthen können, wie sie neben Ilithyia dem Apollo Karinos (Paus. I, 44, 3) bezeugt ist, oder auch, wie beim Orestesstein des Zeus καππώτας (Paus. III, 22, 1) und beim eleusinischen Silensstein (ebd. I, 23, 6), eine zum Sitzen geeignete breitere Form.

16) Den EROS PHALLISCH zu denken, ist in Denkmälern, zumal alter Zeit, keine volle Berechtigung vorhanden; eher dagegen als dafür ist der Begriff frühester Naturerregung, den Eros, wie weiter unten (Anm. 96 ff.) gezeigt wird, vielmehr mannweiblich ausdrückt. Wie aber der in solcher Geltung ihm gleiche (Anm. 38) orphische Protogonos selbst dem Priapos (Orph. II. VI, 9) gleich gilt, liegt auch jenem Urwesen Eros die Zeugung, die er hervorruft, nicht ganz fern. Demnach erscheint er in Künstlerscherzen (Taf. I, 4. 5) dann und wann mit Andeutungen derber Männlichkeit, und steht sowohl mit Priapos, einem gleich Eros zu Parion berühmten Gotte (Anm. 29), als auch mit andren phallischen (Winck. Stosch. II, 816. 817. Prodr. S. 239, 20. Bild aus Pompeji) Göttern in einer besonders durch Grabesbezüge erklärlichen und nicht blos für accessorisch (Jahn Beitr. S. 148 f.) zu erachtenden Verbindung. Auch darf hier weder des Eros Verwandtschaft mit dem phallischen Hermes (Anm. 85 ff.), noch auch der eigenthümliche phallische Kult verschwiegen werden, mit welcher der dem Eros gleichgeltende orphische Phanes als ζωογόνος gedacht wird, nämlich αἰδοῖον ἔχων ὀπίσω περὶ τὴν πυγήν (Nonn. ad Greg. Naz. bei Gesner zu Orph. p. 261), wofür es an Belegen monumentaler Mystik eben auch nicht fehlt (Zoega Bass. II, 80 not. 3. Gerhard Etrusk. Spiegel I, 13, 10. S. 41, 45).

(17) BESAMER IST EROS laut Theognis 1289 (1275): Ὡραῖος καὶ Ἔρως ἐπιτέλλεται, ἡνίκα περ γῆ ἄνθεσιν εἰαρινοῖς θάλλει ἀεξομένη. τῆμος Ἔρως προλιπὼν Κύπρον περικαλλέα νῆσον εἶσιν ἐπ' ἀνθρώπους σπέρμα φέρων κατὰ γῆς. Verwandt ist die Vorstellung, dafs Kypris am strömenden Kephissos mit Lufthauch und Blumen auch die Eroten nach Attika bringe (Eurip. Med. 827 ff.), vielleicht auch der Gedanke eines in Blumenkelchen verborgenen — εὕδων ἐν καλύκεσσι ῥόδων Plat. Epigr. 29 — oder in Art des Weltschöpfers (Anm. 35) aus Knospen erstehenden Eros. Aber auch als befruchtenden Heerdengott kennt ihn Sophokles (Antig. 783: Ἔρως ὃς ἐν κτήμασι πίπτεις) und kannten ihn kleinasiatische Gegenden: aufser Parion auch Tenedos, wo er mit apollinisch-bacchischen Bezügen (Klausen Aen. I, 78), Abydos, wo er zu Rofs in Bezug auf Pferdezucht Aphroditen gegenüber (ebd. I, 80 f. Mionnet V, 41), auch wohl Kios und Nikaea, wenn er dem Quelldämon Hylas vergleichbar auf des Herakles Schulter erscheint (Klausen I, 106. 132. Vgl. 142); ganz wie Hermes kann er in solchem Zusammenhang immerhin auch als Regengott (Forchh. Hell. I, 316) gelten.

(18) FÜNFJÄHRIGER FESTCYCLUS: der Sitte Olympia's, Brauron's (Müller Dor. 1, 384) und andrer berühmter Feste (Hermann gottesd. Alterth. §. 49, 11. 12) gemäfs. Plutarch Erot. 748: ἄγουσι γὰρ ἀγῶνα πενταετηρικόν, ὥσπερ καὶ ταῖς Μούσαις καὶ τῷ Ἔρωτι.

(19) Die SCHLANGE ist kein bekanntes Symbol des Eros; doch finden sich spätere Bilder des Gottes im Spiel mit der Schlange mystischer Cisten (Relief zu Florenz). Vgl.

die Gemmenbilder unsrer Taf. I, 6. 7 und Impr. d. Inst. II, 32. Auf einer Knephschlange steht der Eros der Gnostiker (Taf. I, 16).

(20) Der THESPISCHE EROS des Praxiteles (Müller Hdb. 127, 3), in reizendster Jugend-blüthe (Anm. 52. Lucian Amor. 11. 17) und mit schlaffem Bogen (Athen. XIII. 591 A) zu denken, wird mit Wahrscheinlichkeit im Vatikanischen Amor (Pio-Clem. I, 12. Beschr. Roms I, 288) wieder erkannt. Obwohl der Stolz Thespiä's (*ille propter quem Thespiae vise-bantur* sagt Plin. XXXVI, 5, 4), durch Kunstentführungen berühmt (Paus. IX, 27, 3. Sillig Catal. p. 385 ff.) und in Thespiä durch eine Nachbildung des Menodoros ersetzt (Paus. IX, 27, 3), war er doch nicht ursprünglich dem thespischen Tempel bestimmt, sondern gelangte dahin bekanntlich erst als Geschenk Phrynens (Paus. I, 20, 1), nachdem er, wenn Athenaeus (VIII, 591 A) nicht irrt, vorher im Theater zu Athen aufgestellt war. Von sonstigen Eros-statuen bester Zeit ist eine des Phidias durch Wortspiel Phrynens (Athen. XIII, 585 f.), aufserdem die mit den Parthenons-Marmoren nach England gekommene (Müller Denkm. I, 145) bekannt, die wol der lysippischen Zeit angehört.

(21) REINE STRÖMUNG. Paus. III, 26, 3: καὶ Ἔρωτός ἐστιν ἐν Λευκτροῖς ναὸς καὶ ἄλσος· ὕδωρ δὲ ὥρᾳ χειμῶνος διαρρεῖ τὸ ἄλσος· τὰ δὲ φύλλα τῷ ἦρι ἀπὸ τῶν δένδρων πίπτοντα οὐκ ἂν ὑπὸ τοῦ ὕδατος οὐδὲ πλεονάσαντος παρενεχθείη.

(22) NARKISSOS. Paus. IX, 31, 6: Θεσπιέων δὲ ἐν τῇ γῇ . . . ἐστὶ Ναρκίσσου πηγή, καὶ τὸν Νάρκισσον ἰδεῖν ἐς τοῦτο τὸ ὕδωρ φασίν . . .

(23) MUSEN UND EROS, in Thespiä durch gemeinsamen Festkampf (Anm. 46) verehrt, laut Plutarch (Anm. 18) und Paus. IX, 31, 3: ἀγῶνα ἄγουσι Μουσεῖα, ἄγουσι δέ καὶ τῷ Ἔρωτι. Μηδ' ἀρρύθμος ἔλθης, ruft Euripides Hipp. 529 auch zum Eros Pandemos; ταὶ Μοῖσαι τὸν Ἔρωτα τὸν ἄγριον οὐ φοβέονται, sagt Bion IV, 1.

(24) THESPIAE, von θεσπίζειν weissagen (θέσπις ἀοιδός), ein Ort der Götterstimme.

(25) Mit den CHARITEN, deren böotischer Dienst aus Orchomenos (Pind. Ol. XIV, 1. Paus. IX, 35, 1) berühmt ist, war Eros in deren Tempel zu Elis zusammengestellt (Paus. VI, 24, 5).

(26) Als CHTHONISCHER GOTT schlechthin aufgefasst, ist Eros schwerlich nachzuweisen; doch wird der Begriff eines *Cupido inferus*, der Lebensführung entsprechend mit der seine Fackel den Menschen bis aus Ende begleitet, am Schlufs dieser Abhandlung und zu unsrer Tafel V. sich erörtern lassen. Einen schönen Gegensatz zur Veranschaulichung desselben Begriffs gewährt auch der aus Blumenwerk — bald der anfänglichen Schöpfung, bald auch der Grabespflanzen (Taf. I, 15) — aufsteigende Flügelknabe.

(27) EROS ZU LEBADEA. Die Annahme als sei Βασίλεια nicht blos der bekannte auf Zeus Basileus bezügliche Name lebadeischer Trophoniosfeste, sondern als Ἐρώτια βασίλεια auch Name des thespischen Erosfestes gewesen (Creuzer Symb. IV, 163 N. A.) beruht lediglich auf einer Dittographie im Lexikon des Philemon (v. Λύκεια ἆθλα), die nach den Pindarischen Scholien (VII, 153) bereits von Cesare Lucchesini und in Osanns Ausgabe jenes Grammatikers p. 72 berichtigt worden ist. Es heifst dort: ἐν μὲν Θεσπιαῖς Ἐρώτια [Βασίλεια], ἐν δὲ Λεβαδείᾳ καλούμενα Βασίλεια καὶ Τροφώνια.

(28) CHTHONISCHES AUS THESPIÄ. Nach Paus. IX, 26, 5 waren Zeus Saotes, ferner zwischen Tyche und Hygiea gestellt Dionysos, sodann Athene Ergane Hauptgottheiten von Thespiä. Der neben letzterer stehende Plutos mochte ein dem Eros identisches Knäblein sein. Auch Aphroditedienst ist aus Thespiä bezeugt (Anm. 54. Paus. IX, 27, 4), aufserdem Artemis-

(Eckhel D. N. II, 205: Frauenköpfe mit Mondsichel) oder Demeterdienst (dieselben Köpfe verschleiert) aus thespischen Münzen wahrscheinlich. Zur Annahme jedoch von attischen Thesmophorien, mit denen Creuzer (Heidelb. Jahrb. 1817 no. 51. Vgl. Müller Orchom. S. 236) die Narkissossage verband, fehlt es an hinlänglichem Zeugnifs.

(29) CHTHONISCHES AUS PARION. Die Stadt Pariou im Hellespont, von Erythrä, Milet und Paros aus (Strabo XIII, 588. Paus. X, 27, 1. Klausen Aen. I, 237) nicht ohne tyrrhenische (Müller Orchomenos S. 443) Volkselemente gegründet, ward ihres Erosdienstes wegen schon oben (Anm. 14) erwähnt. Cerealische und verwandte Andeutungen, durch den Kultus von Paros (Klausen I, 333 ff.) und jene tyrrhenische Abstammung (Müller Orch. S. 443) erklärlich, geben die Münzen (Klaus. I, 91, 230), womit die Gründung der Stadt durch einen Sohn Jasions (Steph. v. Πάριον. Müller Orch. 460) stimmt, und wonach eine Mutter- und Kindschaft von Demeter und Eros (Rückert Troja S. 77) immerhin denkbar wäre; auf Aphrodisisches deutet der dem Städtenamen ähnliche und mit diesem verknüpfte (Rückert ebd. S. 81) Name des troischen Paris. Sonst wird, mit der reichen Viehzucht dortiger Gegend übereinstimmend, apollinischer (Klausen Aen. I, 142) und auch Priaposdienst erwähnt. Letzteren ist Engel (Kypros I, 463 f.) dem Dienst des Eros gleich zu setzen geneigt, und für einige Verwandtschaft beider Kulte läfst das Priaposidol am Helikon (Paus. IX, 31, 2) sich anführen. Ebendaher ist endlich auch Asklepiosdienst bezeugt, dessen Heilschlange nach Rückerts Vermuthung (Troja S. 80) den Namen παρειάς der Heilschlange erklären hilft.

(30) EROS ZU ELEUSIS. Von Gesängen des Pamphos und Orpheus auf Eros sagt nach der Mittheilung eines Daduchen Pausanias IX, 27, 2: καί σφισιν ἀμφοτέροις πεποιημένα ἐστὶν ἐς Ἔρωτα, ἵνα ἐπὶ τοῖς ὁρωμένοις Λυκομίδαι καὶ ταῦτα ᾅδωσιν. Über die Lykomiden als messenisch-eleusinisches Priestergeschlecht vgl. Preller Demeter S. 63. 148. Hierbei kommt denn auch die politische Verknüpfung von Athen und Thespiä in Anschlag. Beide Städte sind durch die Sage von Thespios als Sohn des Erechtheus (Paus. IX, 27, 4) verbunden und sandten gemeinsame Kolonisten nach Sardo (Paus. IX, 23, 1). Von Götterdiensten war ihnen die Verehrung der Athene Ergane (Anm. 28) und auch die des Eros gemein, dem laut Plutarch (Erot. 763) vom Helikon bis zur Akademie (Paus. 1, 30, 1) gehuldigt wurde.

(31) CEREALISCHER EROSDIENST gibt bei Demeterköpfen im Revers auch in Löwenbändiger Eros der Münzen von Callatia (Anm. 53. Amor auf Löwe: Gal. d. Fir. V, 2, 1), wie auch auf den pontischen Münzen von Amisos (Pell. II, 39, 3) und Sinope (ebd. 40, 13) sich kund. Desgleichen sind Erosbilder mit der mystischen Cista keineswegs unerhört: Taf. I, 6. 7 (oben Anm. 19). Impr. d. Inst. II, 32.

(32) AXIEROS d. h. Ἀξι-έρως: Welcker Aesch. Tril. S. 236 ff. Eckermann Mythol. II, 2. 115. 122. Nach Rückert (Troja S. 77) wäre anzunehmen, dafs Mnaseas im allbekannten Zeugnifs in Axieros nur aus Mifsverstand den Demeter selbst erkannt habe, während die Vergleichung mit Ilithyios als parischem Sohn Demeters vielmehr auch Axieros für einen als Sohn Demeters zu fassenden Eros halten lasse. Wir glauben eines solchen Nothbehelfs nicht zu bedürfen.

(33) EROS, ÄLTESTER GOTT. Schol. Apoll. Rhod. III, 26: Ἀπολλώνιος μὲν Ἀφροδίτης τὸν Ἔρωτα γενεαλογεῖ, Σαπφὼ δὲ Γῆς καὶ Οὐρανοῦ, Σιμωνίδης δὲ Ἀφροδίτης καὶ Ἄρεος, Ἴβυκος καὶ Ἡσίοδος ἐκ Χάους λέγει τὸν Ἔρωτα. Ἐν δὲ τοῖς εἰς Ὀρφέα (Fragm. 22. Unten Anm. 61) Κρόνου γενεαλογεῖται. Älter als Kronos und Japetos heifst Eros auch bei Plato (Symp. 195B),

womit ein Dichterspruch des Meleager (ep. 91. Anal. I, 260) stimmt: οὖτε γὰρ αἰθήρ, οὐ χθὼν φησὶ τεκεῖν, οὐ πέλαγος . . . Von Ilithyia leitete Olen (Anm. 73) ihn ab; orphisch (Arg. 14 ff.) ward er als Sohn der Nacht, nämlich vermittelst des uranfänglichen Weltey's, (Anm. 38) betrachtet.

(34) EROS JÜNGSTER GOTT. Paus. IX, 27, 2: Ἔρωτα δὲ ἄνθρωποι μὲν οἱ πολλοὶ νεώτατον θεὸν εἶναι καὶ Ἀφροδίτης παῖδα ἥγηνται.

(35) ALS WELTSCHÖPFER, wie Eros aus Hesiod und den Orphikern (Lobeck Agl. I, 529) und vielleicht selbst aus Kunstdenkmälern (Luynes Ann. XIX p. 179, 1. Mon. IV, 39, 1: „Eros et Gaea." Aufsteigende Kora?) nachweislich ist, sollte derselbe aus einem Weltey (Anm. 38), vielleicht auch aus Gewächsen (Anm. 17. 26) entsprossen sein. Eben darauf mag die Geberde seines wie zur Andeutung seines Geschlechts weitgeöffneten Gewandes (Taf. I, 2) hindeuten; ja auch die Schlangenbildung geflügelter Jünglinge dürfte als Sinnbild ältester Erdgeburt sich auf Eros beziehen lassen, wie denn ähnliche Gestalten sich verzierungsweise an etruskischen Spiegeln (Gerh. Etrusk. Spieg. 1, 76. 112. II, 196) finden, während an gleicher Stelle auch Erosbilder der üblichsten Art (Ebd. II, 164) nicht unerhört sind.

(36) ALS WELTORDNER aller Regionen, πάντων κληῖδας ἔχοντα, feiert den Eros ein orphischer Hymnus (LVII, 4 ff.); orphisch wird er auch dem Zeus gleichgesetzt (Lob. Agl. I, 529).

(37) KOSMISCHE SYMBOLE des Eros werden, wie bei Apoll, nach Heraklits Vorgang in Bogen und Lyra (Creuzer II, 596 ff. N. A.) und auch in der Fackel erkannt, wegen der er ein Feuergott (πυρίβρομος Orph. H. LVII, 2) heißt. Vgl. Orph. Arg. 14: διφυῆ πυρσωπέα κυδρὸν Ἔρωτα. Die Lyra als Weltharmonie (Orph. H. 8, 9. 34, 16.) pythagorisch zu deuten, fand auch Winckelmann (Descr. Stosch p. 143) nicht unangemessen (Vgl. Anm. 47).

(38) EROS AUS DEM WELTEY. Aristoph. Av. 694: τίκτει πρώτιστον ὑπηνέμιον Νὺξ ἡ μελανόπτερος ᾠόν, ἐξ οὗ περιτελλομέναις ὥραις ἔβλαστεν Ἔρως ὁ ποθεινός. Daher die gleichgeltenden Namen Phanes (πρῶτος γὰρ ἐφάνθη Orph. Arg. 16) und Protogonos (Hymn. VI, 2: ὠογενής, beflügelt, ταυρωπός), auch Priapos (Vs. 9. Πρίηπον καὶ Ἀνταύγην. Oben Anm. 16), denen auch der räthselhafte Erikapäos (Anm. 58) gleichgilt. Vgl. Lob. Agl. I, 478 ff. Müller Lit. Gesch. I, 426. 435. Eckermann Myth. II, 22.

(39) EROS MANNWEIBLICH: διφυής (Orph. H. LVII, 4). Vgl. unten Anm. 96.

(40) BEINAMEN DES EROS. Bereits erwähnt wurden die Hesiodischen λυσιμελής, κάλλιστος (Anm. 11). Auch als Freiheitsgott erscheint Eros in seinem Bezug auf die Eleutherien (Anm. 41), wie denn auch der mehrgedachte Beiname λυσιμελὴς dem bacchischen Λύσιος wohl entspricht.

(41) EROS STAATS- KAMPF- UND FREIHEITSGOTT. Athen. XIII, 561 E: Λακεδαιμόνιοι δὲ πρὸ τῶν παρατάξεων Ἔρωτι προθύονται (Müll. Dor. I, 407).. καὶ Κρῆτες δ' (Aelian V. H. III, 9) ἐν ταῖς παρατάξεσι τοὺς καλλίστους τῶν πολιτῶν κοσμήσαντες διὰ τούτων θύουσι τῷ Ἔρωτι ... ὁ δὲ παρὰ Θηβαίοις ἱερὸς λόχος καλούμενος συνέστηκεν ἐξ ἐραστῶν καὶ ἐρωμένων τὴν τοῦ θεοῦ σεμνότητα ἐμφαίνων, ἀσπαζομένων θάνατον ἔνδοξον ἀντ' αἰσχροῦ καὶ ἐπονειδίστου βίου. Σάμιοι δὲ .. γυμνάσιον ἀναθέντες τῷ Ἔρωτι τὴν διὰ τούτων ἀγομένην ἑορτὴν Ἐλευθέρια προσηγόρευσαν. δι' ὃν θεὸν καὶ Ἀθηναῖοι ἐλευθερίας ἔτυχον καὶ οἱ Πεισιστρατίδαι ... (Anm. 45). Eros-Altar in der Akademie von Charmos zu des Peisistratos oder des Hippias Zeit gesetzt: XIII, 609 D. Vgl. Paus. I, 30, 1. Bei diesem Erosaltar in der Akademie ward das Feuer zum Fackellauf angezündet, nach Plut. Solon 1; vgl. Meurs. Ceram. 25.

D

(42) Von BÖOTISCHEN FESTEN ist hauptsächlich den Orchomenischen Charitesien (Boeckh Staatsh. II, 351 ff. C. I. no. 1584) der überwiegende Charakter musischer Feste mit den Erotien gemein. Den Eleutherien zu Platää, die zugleich mit den Erotien von Thespiä als böotische Hauptfeste erwähnt werden (Schol. P. Ol. VII, 153) und als nach der Perserschlacht zu Ehren des Zeus Eleutherios (Plut. Arist. 19. Meurs. Gr. fer. s. v.) eingesetztes Fest bekannt sind, ist auch die fünfjährige Wiederkehr, wie bei den Erotien, bezeugt.

(43) OPFER FÜR EROS vor der Schlacht: Aelian V. H. III, 9. H. Anim. IV, 1. Athen. XIII, 561 E. Müller Dor. I, 407.

(44) EROS IM THOLOS zu Epidauros. Paus. II, 37, 3 (Gemälde des Pausias): βέλη μὲν καὶ τόξον ἐστὶν ἀφεικὼς Ἔρως, λύραν δὲ ἀντ' αὐτῶν ἀράμενος φέρει. Ähnlich ist das οἴκημα zu Aegira mit den Statuen von Eros und Tyche (Paus. VII, 26, 3), und ähnlich der von Schlangen umgebene Tholos eines Cistophors bei Eckhel Syll. num. V, 7.

(45) REINHEIT DES EROSDIENSTES. Für die Reinheit griechischer Männerliebe im früheren Alterthum, wie sie hauptsächlich durch die thebanische Schaar (Anm. 41. Müll. Dor. II, 290 ff.) verherrlicht ist, zeugt ausdrücklich Athenaeus XIII, 562 A: οἱ Πεισιστρατίδαι ἐκπεσόντες ἐπεχείρησαν διαβάλλειν πρῶτοι τὰς περὶ τὸν θεὸν τοῦτον πράξεις. Noch weniger Unglimpf ist über den Ruf der Erosfeste ergangen: nur in einem sehr späten und unverbürgten Zeugnifs (Euseb. in Const. 7. Engel Kypros II, 400) werden sie ὄργια μειχικὰ gescholten. Gegen die vermeintlich phallische Form des thespischen Erossteins ward schon oben (Anm. 15) Einspruch gethan.

(46) FESTE ZU THESPIÄ. Paus. IX, 31, 3, vom Helikon: περιοικοῦσι δὲ καὶ ἄνδρες τὸ ἄλσος, καὶ ἑορτήν τε ἐνταῦθα οἱ Θεσπιεῖς καὶ ἀγῶνα ἄγουσι Μουσεῖα· ἄγουσι δὲ καὶ τῷ Ἔρωτι ἆθλα οὐ μουσικῆς μόνον, ἀλλὰ καὶ ἀθληταῖς τιθέντες. Vgl. Jahn Beiträge S. 124, 6.

(47) ATTRIBUTE DES EROS sind, der weichlichen des Mysteriendämons (Anm. 101) zu geschweigen, hauptsächlich Bogen und Leier: nach einem für Apoll wie für Eros berühmten und auch durch alte Philospheme (Creuzer II, 596 ff.) verherrlichten Gegensatz (Anm. 37), der im Tholos von Epidauros (Anm. 44) ausdrücklich hervorgehoben, und wohl auch im schlaffen Bogen des praxitelischen Eros (Anm. 51) gemeint war. In ähnlicher Weise wird auf lesbischen Münzen (Mionn. III. p. 43, 73. 77) die Lyra mit Heroldstab und mit Keule verbunden, im gemeinsamen Bezug auf Eros, Hermes und Herakles als palästrische Götter. Auch Bogen und Fackel finden sich in ähnlichem Gegensatz auf Münzen (Böa: Pellerin III, 126, 5. Kremna: Pellerin Mél. I, p. 243) und sonst. Eigenthümlich und wohl nur als Dichters Einfall zu betrachten ist die Unterscheidung eines doppelten Geschosses, die Athenaeus XIII, 562 E aus dem Tragiker Chäremon beibringt: δίδυμα γὰρ τόξα αὐτὸν ἐντείνεσθαι χαρίτων, τὸ μὲν ἐπ' εὐαίωνι τύχα, τὸ δ' ἐν συγχύσει βιοτᾶς.

(48) WAFFEN AN SÄULEN geheftet: wie von Apollo's Bogen (Hom. H. Ap. 8) bekannt ist und wie auch mit gekreuzten Fackeln geschieht (Caylus III, 50, 5. Gemmenbild).

(49) SCHÜTZENKUNST, wie sie späterhin besonders den Kretern verblieb (Paus. I, 23, 4: Ἕλλησιν ὅτι μὴ Κρησὶν οὐκ ἐπιχώριον ὂν τοξεύειν), ist zumal aus altgriechischer Zeit nach den von Pausanias selbst beigebrachten Belegen, nämlich der Lokrer aus Homer (Il. XIII, 686. 707) und aus geschichtlicher Zeit des attischen Diitrephes (Paus. l. c) unzweifelhaft; der Kretischen Erosfeste ward bereits oben (Anm. 41) gedacht.

(50) EROS MIT DER LYRA; hauptsächlich aus Gemmenbildern und aus Reliefs römischer Zeit bekannt, hie und da auch in Vasenbildern. Vgl. Prodr. S. 239, 18. 20.

(51) MIT DEM BOGEN scheinen alle auf uns gekommenen gröfseren Erosstatuen versehen gewesen zu sein, wie die Elginsche durch ihr Köcherband, die Vaticanische in Neapel (M. Borb. VI, 25. Neapels Bildw. no. 295) wiederholte aber als vermuthliches Nachbild der praxitelischen — οὐκ ἔτ' ὀϊστεύων, ἀλλ' ἀτενιζόμενος Athen. XIII, 591 A — es voraussetzen läfst. Dazu der oft wiederholte bogenspannende Flügelknabe im Kapitol (Müller Handb. 391, 3). Übereinstimmend damit zeigen auch archaische Gemmenbilder (Taf. I, 8. 9) den Eros als bogenspannenden Jüngling.

(52) EPHEBENBILDUNG, einem Gott der Palästra, wie Eros war, wohl entsprechend, ist dessen eben erwähnten älteren Bildungen durchgängig gegeben, und auch aus späterer Kunst — νεανίας παρ' ὃ εἴωθε Philostr. I, 29 (bei Andromeda) — hie und da nachzuweisen. Der sinnliche Reiz dieser Bildung wird aus ärgerlicher Tempelchronik sowohl dem thespischen Eros des Praxiteles (Lucian Amor. 11. 17) als auch der zu Parion befindlichen Erosstatue desselben Künstlers bezeugt: *ejusdem*, heifst es (Plin. XXXIV, 4, 5), *et alter nudus . . . par Veneri Cnidiae nobilitate et injuria. Adamavit enim eum Alcidas . . .* Umstände denjenigen günstig, welche den oft wiederholten sehr knabenhaften Bogenspanner (Müll. Handb. 391, 3) ohnehin lieber für lysippisch als für praxitelisch halten wollen. Aber auch die höhere Göttlichkeit der reiferen Erosgestalt betont Lucian (ebd. 32): Ἔρως, οὐ κακὸν νήπιον ὁποῖα ζωγράφων παίζουσι χεῖρες, ἀλλ' ὃν ἡ πρωτοσπόρος ἐγέννησεν ἀρχή, τέλειον εὐθὺ τεχθέντα. Vgl. Rochette Lettres archéol. I, p. 136. Sonstige Belege erwachsener Erosbildung folgen demnächst (Anm. 66 ff.).

(53) EROS MIT FACKEL: βαιὰ λαμπὰς ἐοῖσα τὸν ἅλιον αὐτὸν ἀναῖθει (Mosch. I, 23), daher es auch von seinen Gaben heifst (ebd. 29): τὰ γὰρ πυρὶ πάντα βέβαπται. Vgl. Intpp. Tibull. II, 1, 83. Jahn Beitr. S. 143, 95. In hieratischer Geltung erscheint dieser fackeltragende Eros einen Löwen reitend und einem Demeterkopf gegenüber auf Münzen von Kallatia (Pellerin I, 36, 6).

(54) APHRODISISCHES IN THESPIÄ ist durchs Heiligthum der Aphrodite Melänis und durch die praxitelische Aphrodite bezeugt, die zugleich mit dem Standbild der Phryne im Erostempel zu Thespiä stand (Paus. IX, 27, 4). Dafs in nächtlichen Festen Aphroditens ein Knabe mit Fackel seine Stelle fand, geht schon aus der hesiodischen (Theog. 991) Bezeichnung des Phaethon als νύχιος δαίμων hervor (Anm. 63. 79).

(55) JACCHOS MIT FACKEL. Attisch sind: αὐτή (Demeter) τε καὶ ἡ παῖς καὶ δᾷδα ἔχων Ἴακχος (Paus. I, 2, 4) und Jacchos, dieser als φωσφόρος ἀστήρ (Aristoph. Ran. 343), wie Eros im orphischen Hymnus LVII, 2 πυρίβρομος heifst. Vgl. Cerealisches aus Thespiä oben Anm. 28.

(56) EROS GEFLÜGELT. Diese Beflügelung ist in gut attischer Zeit allgemein anerkannt, nach Euripides (Hipp. 1262), Aristophanes (Av. 574), Alexis (Athen. XIII, 562 E), wie nach Anakreon (Fragm. 107. Vofs Mythol. Br. II, 4); auch heifst der älteste Cupido *pinnatus* bei Cicero (Nat. D. III, 23). Nichtsdestoweniger kann dieselbe erst verhältnifsmäfsig spät eingetreten sein, wie denn der Scholiast des Aristophanes (l. c.) auf die Zeit des Bupalos (Ol. 60) sie zurückführt. Vgl. Abh. über die Flügelgestalten (Berl. Akad. 1838) S. 6 ff. Welcker Rhein. Mus. VI, 585. Ausnahmen sind nicht unerhört (Taf. I, 15. Prodr. S. 72, 16), aber selten.

(57) AGON, der personificirte Wettkampf dürfte in mancher Figur beflügelter Jünglinge zu erkennen sein, denen die Benennung Eros wenigstens nur im politisch-athletischen Sinn (Anm. 41) dieses Gottes zukommt. So dem Flügeljüngling, der auf syrakusischen Tetradrachmen (Nöhden spec. pl. 19. Mionnet I, p. 295) die Quadriga der Rennbahn zum

Siege führt, und andere mehr (Taf. I, 3 ff. 8). So auch der schwebende Jüngling mit Waffen und Kranz, der als Thonrelief (T. C. Br. Mus. pl. 74) bei Panofka (T. C. XXX) als Eros Uranios (Anm. 8) gedeutet ist; ihm entsprechen Flügeljünglinge archaischer Gemmen mit Zweig und Kranz (Br. Mus. 673), auch mit Zweig neben einem Altar (ebd. 681). In Begleitung eines knabenhaften Eros zeigt ihn ein Gemmenbild, nach welchem eine schöne Thongruppe des Berliner Museums für Eros und Agon erkannt worden ist (Arch. Zeit. VII, Taf. 2). Auch auf Vasenbildern erscheint er, einfach sowohl (Caylus IV, 43, 2) als auch doppelt (Abh. Flügelgest. Taf. IV, 7), in Umgebung von Palästriten.

(58) ERIKAPAEOS. Der Ortsname Pantikapäon kann nicht genügen, um diesen räthselhaften zwischen Ἠρικεπαῖος Orph. H. VI, 4 not. und Ἠρικαπαῖος schwankenden orphischen Götternamen (Gesn. zu Orph. l. c. Lobeck Agl. I, 479) zu einem ursprünglich griechischen zu machen, zumal wenn *Erekapaim* als altbiblischer Ausdruck des „langmüthigen" Gottes versichert wird (Movers Phönic. I, 556 f.); wohl aber ist einzuräumen, dafs die Hellenisirung ausländischer Namen nicht ohne selbständige Deutung erfolgte, und dafs solchem griechischen Auslegungstrieb Erikapäos, wenn nicht als Gartengott von κῆπος (Gesn. l. c.), doch als Luft und *Frühlingshauch* (ἔαρ, ἥρι, κάπτω Rückert Troja S. 78) dem Zephyr vergleichbar zu deuten ganz nahe lag. Möglich und wahrscheinlich sogar, dafs erst die spätere Orphik jenem Namen Eingang verschaffte; dafs er dem Phanes Protogonos ebenbürtig erscheint — *Phanes als Urlicht, Erikapäos als Lebenshauch,* φῶς und ζωοδοτήρ nach Joh. Malalas und Cedrenus (Lob. I, 473. 479) — berechtigt uns dennoch, dem böotischorphischen Eros die Idee eines ursprünglichen Luftgottes gleich Erikapäos zu bekräftigen, während die einander gleichgeltenden Namen Phanes und Protogonos der bekannten Idee des Eros als Weltschöpfers sich anschliefsen. Der Gegensatz beider Urkräfte ist hauptsächlich in der von Gesner (ad Orph. p. 261) gegebenen Exegese des Nonnus zu Gregor. Nazianz. III hervorgehoben; während Phanes als phallisch (Anm. 16) bezeichnet ist, bleibt die Voraussetzung begründet, dafs Erikapäos, der im Besitz einer anderen Urkraft (ἑτέρας ἔφορος δυνάμεως) gedacht wird, bei überschwenglicher Schnelligkeit mit Flügeln versehen sei.

(59) EROS LUFTIG: καὶ πτερόεις ὡς ὄρνις ἐφίπταται ἄλλοτ᾽ ἐπ᾽ ἄλλους .. (Mosch. I, 16).

(60) EROS DES ZEPHYROS SOHN von Iris: nach Alkaios (Fragm. 9. Plut. Erot. 20). Nonn. XXXI, 110. Enstath. Hom. 555, 31. Engel Kypros II, 397 f.

(61) EROS UND DIE WINDE von Kronos erzeugt. Orph. fragm. 22 (Schol. Apoll. Rhod. III, 26): Ἔρωτα Κρόνος καὶ πνεύματα πάντ᾽ ἐτέκνωσε.

(62) BEFLÜGELTE PHALLEN sind aus Gemmenbildern (Tassie 5301-5344) und Bronzen (Br. d. Ercol. II, 97-99. p. 397, 2) hinlänglich bekannt, in eigenthümlicher Weise aus dem phallischen Tychon neben der Glücksgöttin eines Reliefs aus Aquileja (Abb. Agathod. Taf. IV, 3); auch aus Bauwerken, namentlich dem Amphitheater zu Nismes (Nouv. Ann. I, 94, 6), wird dergleichen erwähnt.

(63) Als MYSTISCHE FLÜGELKNABEN sind nicht nur die cerealischen Jacchos, Plutos, Triptolemos (Prodr. S. 84), sondern auch aphrodisische nachzuweisen. Inschriftlich bezeugt ist dies für *Adonis*, der auf einem etruskischen Spiegel (Gerh. Etr. Sp. I, 116: *Atunis*. Vgl. ebd. 115 *Turan, Atunis*) ganz eben so Aphroditens Schofskind ist, wie auf einem anderen ähnlichen Kunstwerk (Ebd. I, 117. Unten Taf. IV, 1. 2) Eros es ist, und in ähnlicher Weise, sicher als Fackelträger, ist denn auch der *Phaethon* zu denken, den Hesiod (Theog. 987 ff.) als einen von Aphrodite entführten Knaben und als deren nächtlichen Tempeldiener (νύχιον δαίμονα) bezeichnet.

(64) BEFLÜGELUNG als korinthischen Kunstgebrauch nachzuweisen, ist theils die Bildnerei am Kasten des Kypselos (Paus. V, 18), theils auch die von Korinth stammende Kunst etruskischer Erzfiguren und Metallspiegel sehr geeignet. Vgl. Abhandl. Über die Flügelgestalten (Berl. Akad. 1838.) S. 3.

(65) APHRODITE UND KORA, die um Adonis sich streiten, füllen, jene der neuerstandenen Frühlings-Kora, diese der Gräbervenus entsprechend, zwei einander nahverwandte Götterbegriffe aus, deren Übereinstimmung im Begriff der Dione und Libera, wie in Kultus und Bildnerei, vielfach nachweislich ist. Vgl. meine Venere-Proserpina (Fiesole 1825). Creuzer Symb. IV, 282 ff. N. A. (Dione). Klausen Aen. I, 502. Unten Anm. 91.

(66) ERWACHSEN IST EROS theils einzeln (Anm. 52) theils in Götterverbindung zu denken. So *a)* Aphroditen empfangend, bei Phidias. Paus. V, 11, 3 (Abh. Zwölf Götter Taf. III, 2): Ἔρως ἐκ θαλάσσης Ἀφροδίτην ἀνιοῦσαν ὑποδεχόμενος. Hienach hat Panofka Ann. II, 324 tav. *L*, 1. (Vgl. Jahn Beitr. S. 111 f.) eine berühmte etruskische Erzgruppe gedeutet. Der vermuthliche neben Aphrodite stehende ungeflügelte Eros im Parthenonfries (Müller Denkm. II, 115*g*) ist, obwohl knabenhafter, von den Flügelknaben der späteren Kunst doch sehr verschieden, so dafs er mit jener selbständigen Erscheinung des Eros sich wohl verträgt. — Ferner *b)* in Verein mit den Chariten im Tempel zu Elis (Paus. VI, 24, 5). — Endlich *c)*, wechselnder Knabenbildung (Anm. 72) unbeschadet, auch neben Tyche als fackeltragender beflügelter Jüngling, auf Münzen von Aegium (Sestini med. Fontana II, 5, 4), wonach der mit Tyche von Aegira (Paus. VII, 26, 3) verbundene geflügelte Eros ebenfalls als Ephebe (Anm. 52) sich denken läfst, zumal der laut seinem Namen gleichfalls auf Tyche bezügliche phallische und geflügelte Dämon Tychon in gleicher Ephebenbildung nachweislich ist (Abh. Agathod. Anm. 59).

(67) EROS AUS KYPROS — προλιπὼν Κύπρον (Anm. 19) nach Theognis — wiederholt sich auch als *puer Idalius* im späten Sprachgebrauch des Statius Theb. II, 287.

(68) APHRODITENS KIND hiefs Eros bereits bei Parmenides laut Plato (Symp. 180 D): διὸ Παρμενίδης μὲν ἀποφαίνει τὸν Ἔρωτα τῶν Ἀφροδίτης ἔργων πρεσβύτατον, ἐν τῇ κοσμογονίᾳ γράφων· πρώτιστον μὲν Ἔρωτα θεῶν μητίσατο πάντων (also Eros Aphroditens Schöpfung). Ἡσίοδος δὲ φυσικώτερον ἐμοὶ δοκεῖ ποιεῖν Ἔρωτα πάντων πρεσβύτατον. Jener ersteren Auffassung der Aphrodite als Weltmutter und Mutter des Eros war auch Simonides gefolgt, nach Servius (Aen. I, 664): *secundum Simonidem, qui dicit Cupidinem ex Venere tantum esse progenitum, quanquam alii dicant, ex ipsa et Marte, alii ex ipsa et Vulcano.* Allegorisch erklärend sagt freilich Euripides (Hippol. 449. Plut. Erot. 756) von Aphroditen: ἥδ' ἐστὶν ἡ σπείρουσα καὶ διδοῦσ' ἔρον.

(69) Dafs APHRODITE NICHT OHNE EROS denkbar sei, beruht zunächst auf Plato's Ausspruch (Symp. 180 D: πάντες γὰρ ἴσμεν ὅτι οὐκ ἔστιν ἄνευ Ἔρωτος Ἀφροδίτη), bei dem er zwar nicht als der Göttin Sohn, sondern nur gleichzeitig mit ihrer Geburt von Poros und Penia (Anm. 9) entstanden (γεννηθεὶς ἐν ταῖς ἐκείνης γενεθλίοις 203 C) gedacht wird. Von Attika sagt Euripides, Kypris sende bei Windessäuseln und Blumenduft auch als Beistand der Weisheit und Tugend Eroten: τᾷ σοφίᾳ παρέδρους πέμπειν Ἔρωτας παντοίας ἀρετᾶς ξυνεργούς (Med. 833. Vgl. Hippol. 1258: σύ τὰν θεῶν ἀκάματον φρένα καὶ βροτῶν ἄγεις Κύπρι· σύν δ' ὁ ποικιλόπτερος . . . Ἔρως), und die Gültigkeit solcher Verbindung gibt selbst im Gebet sich kund, wenn zugleich mit Hermes, Chariten, Horen und Aphrodite der dem Eros gleichgeltende (Anm. 7) Pothos angerufen wird (Aristoph. Pac. 455), späterer Deutungen so unbe-

zweifelter Verbindung — Eros und Aphrodite ägyptisch als Sonne und Mond: Plut. Erot. 764 — zu geschweigen.

(70) ERODSIENST OHNE VERKNÜPFUNG mit anderen Gottheiten (Anm. 66) ist aufser den uralten Kulten von Thespiä und Parion (Anm. 13. 14), dem Tempel zu Leuktra (Anm. 21) und den mancherlei anderwärts (Anm. 41) dem Eros gebrachten Opfern im Ganzen nur wenig bezeugt; daher ein Gemmenbild zu beachten ist, das vereinzelt in einem Tempel oder Heroon ihn zeigt (Taf. I, 14). Nur als Pförtner dagegen, als ein fremdem Götterdienst verknüpfter Eros, den die Palme in seiner Hand als Uranios kundgibt (Anm. 18), erscheint Eros vor dem Tempel eines Borghesischen Reliefs („Filosofo sacrificante." Canina Monum. Borghes. tav. 16 p. 59 s.), worin zwar Nibby einen isthmischen Tempel sammt einem Genius isthmischer Spiele erkannt und eine demselben durch Apollonius von Tyana bezeugte Verehrung vermuthet hat; indefs spricht der Kopfputz der dem „Philosophen" nachfolgenden Frau zugleich mit dem Pinienbaum eher für ein unter phrygisch-sabazischen Gebräuchen gefeiertes Todtenopfer.

(71) BEISITZERINNEN des viereckten Hermes und des spitzsäuligen Agyieus traten aus dem beiden Göttern mythisch verknüpften Nymphendienst im Kultus vermuthlich erst allmählich hervor. Zeus ist in ähnlicher Spitzsäulengestalt neben einer gleich roh gebildeten Artemis nachweislich (Paus. II, 9, 6), aber selbst im dodonischen Dienst ward Dione erst verhältnifsmäfsig spät ihm beigeordnet, während der älteste dortige Kultus ausschliefslich dem Zeus galt (Abh. Agathod. Anm. 67).

(72) EROS NEBEN TYCHE ist theils, wie oben Anm. 66 c bemerkt ist, in reifer Bildung, theils auch knabenhaft zu denken, wofür es in noch vorhandenen Kunstdarstellungen (Taf. I, 1. Mon. d. Inst. III, 6. Vgl. Abh. Agathod. Anm. 48) an Belegen nicht fehlt. Auch Aristophanes spricht dafür, wenn er in einer bisher unverstandenen Stelle (Av. 1315) die Wolkenburg seiner Vögel von Tyche sowohl als auch von dämonischen Stadtgenien, von „Eroten der Stadt" schützen läfst, die wir kaum anders als in Knabenbildung denken können. Ein ähnliches Paar von Flügelknaben erscheint in Minervens Umgebung vor einem Altar in einem Karneol meines Besitzes.

(73) EROS UND ILITHYIA sind in der Sage des Olen (Paus. IX, 27, 2) verbunden, wo Ilithyia — ohne Zweifel die nach Delos und von dort nach Athen gekommene hyperboreische Göttin — des Eros Mutter hiefs. Vgl. Müller Dor. I, 243. 313.

(74) EROS DER ARTEMIS KIND. Cic. Nat. D. III, 23: *Cupido primus Mercurio et Diana prima natus dicitur, secundus Mercurio et Venere secunda, tertius quidem est Anteros Marte et Venere tertia.* Vgl. III, 22: *Diana Jovis et Proserpinae, quae pinnatum Cupidinem genuisse dicitur.* Die Gleichsetzung dieser Artemis mit Ilithyia wird einleuchtender durch das äginetische Thonrelief (Mon. d. Inst. I, 18 B. Welcker Ann. II, 65 ff.), auf welchem Eros neben Artemis - Hekate auf einem Wagen steht, dessen Greifengespann ganz wie Ilithyia auf hyperboreische Abkunft hinweist. Auch die Sepulkralgruppe eines Gräber-Eros und eines Hekatebildes (Taf. II, 2) ist hier zu vergleichen. Somit kann auch der neuerdings angewandte Satz, dafs Eros weder der Hera noch auch der Artemis Kind sei, unmöglich zum Grund gereichen, um mit Röth (Ägypt. u. Zoroastr. Glaub. Anm. S. 57) für die Abstammung des Eros von Ilithyia einen ausländischen und zumal ägyptischen Boden zu suchen, dergestalt dafs Eros dort einem ägyptischen Harseph - Menth, einem Sohne von Neith oder Pascht, gleichgesetzt wird.

(75) Aphroditens Kind war Eros demnach, sofern die älteste Aphrodite den oben-
gedachten Göttinnen gleich ist: denn *a*) der Tyche gleicht sie als älteste der Mören
(Paus. I, 19, 2) und selbst nach der Auffassung von Gemmenbildern, auf denen Venus mit
Füllhorn oder Ruder erscheint; der Ilithyia *b*) und Artemis aber als delische Aphrodite ἀρχαία (Paus. X, 40, 2. Callim. Del. 308. not. Müller Dor. I, 313. Vgl. die bacchische Venus-Flora mit Flügelknaben: Mus. Chiaram. I, 36. Ann. d. Inst. II, 347) und *c*) sonstigen Kindspflegerinnen auch durch die Verbindung der verschleierten Aphrodite mit
einem Knäblein auf Münzen von Aphrodisias (Pellerin II, 66, 14).

(76) Samothrakische Venus. Plin. XXXVI, 4, 7: *Scopas ferit Venerem et Pothon
et Phaethontem, qui Samothrace vetustissimis caerimoniis coluntur.* Vgl. Welcker Tril. S. 241 f.
Hyperb. röm. Studien I, 45. Prodr. myth. Kunsterkl. S. 167. Klausen Aen. I, 66 (nächtlicher Dienst).

(77) Zwei Eroten pflegen als Uranios und Pandemos, Pothos und Himeros, nach Hesiod (Theog. 201) als Eros und Himeros Aphroditens Gefolge, besonders in Darstellungen
der späteren Zeit, zu bilden, wie römische Statuen (Clarac 620, 1406) und asiatische Münz-
typen (Pell. Suppl. II, 7, 1) es uns zeigen. Vgl. Anm. 5. Taf. IV, 3. Prodr. S. 229, 3.

(78) Chablaissche Herme: Gerh. Bildw. XLI. S. 286. Abh. über Venusidole (Berl.
Akad. 1843) Taf. IV, 1.

(79) Phaethon. So wenig die Gleichsetzung von Eros und Pothos (Anm. 7) streitig
sein kann, so sehr befremdet es, den Phaethon, der als Liebling Aphroditens und als ver-
muthlicher Morgenstern (Anm. 93) gerade auch der leuchtende Tempelknabe ihrer nächtlichen Feier (νύχιος δαίμων) ist, vielmehr erwachsen und mit apollinischem Attribut
zu finden. Dieser Umstand erklärt sich jedoch, sobald man die natürliche Verschiedenheit
einer zweifachen und einer dreifachen Gruppirung erwägt: die Begriffe des mythischen
Sonnenjünglings und des leuchtenden Tempelknaben, die dort vereinigt in einem einzigen
Dämon sind, erscheinen hier getrennt; jener Begriff aber eines dem Adonis entspre-
chenden Sonnenjünglings ist für Phaethon ebenso anerkannt (Welcker Tril. 241 f.) als, zumal
in der späten Entstehungszeit der chablaisschen Herme, die Gleichheit des Helios und des
Apollon.

(80) Auf korinthischen Münzen erscheint *a*) einzeln sowohl Helios und sein Wagen
(Mionnet II, p. 176. 180), als auch *b*) Aphrodite (Eckhel D. N. II, 242), mit welcher zuweilen, obwohl selten (Mionn. II, 179, 232. 188, 301), *c*) Eros gepaart ist. Auf einem
berühmten Kamee korinthischer Darstellung (Eckhel P. gr. 14. Müller Denkm. II, 75) erscheint Eros auch als korinthischer Gott und als verbunden mit Melikertes. Nach Pausanias
II, 4, 7 waren Helios, Aphrodite, Eros dort vereint, so jedoch dafs Aphrodite bewaffnet,
Eros mit einem Bogen versehen war. Vgl. Prodr. S. 167, 10.

(81) Megarische Aphrodite. Paus. I, 43, 6: ἄγαλμα ἐλέφαντος Ἀφροδίτη πεποιημένον,
Πρᾶξις ἐπίκλησιν. τοῦτό ἐστιν ἀρχαιότατον ἐν τῷ ναῷ. Πειθὼ δὲ ... (Folgen die Chariten und
Eroten des Praxiteles und Skopas Anm. 7).

(82) Asiatische Einflüsse dürfen für alle Beflügelung der griechischen Kunstgebilde
angenommen werden (Abh. Flügelgestalten S. 2), für den Eros noch mit dem besonderen
Grund seiner für Samothrake, Korinth, Kypros vorauszusetzenden dämonischen Geltung,
während in Thespiä die athletische und musische überwog.

(83) Hermes und Aphrodite dürfen nach jeder Form der wechselnden Sage Eltern

des Eros heifsen, obgleich keines der vorhandenen Zeugnisse die ursprüngliche Form wiedergibt. Vater des älteren wie des jüngeren Eros ist nach Cicero Hermes, Mutter des einen wie des anderen Aphrodite nach Lactanz. Bei Cicero (Nat. D. III, 22) heifst es: *Cupido primus Mercurio et Diana prima natus dicitur, secundus Mercurio et Venere secunda*; bei Lactanz I, 17: (Venus) . . . *ex Mercurio Hermaphroditum* (d. i. den mannweiblichen Eros vgl. Taf. II, 2), *qui est natus androgynus, ex Jove Cupidinem* (d. h. den zweiten Cupido des Cicero). Aufserdem weist auf dieselbe Abstammung eine auf Theseus, den Gründer der Pandemos zu Athen (Paus. I, 22, 3), zurückgeführte athenische Statuenreihe von Hermes, Aphrodite und Eros unzweifelhaft hin: ἀγάλματά εἰσιν Ἀθήνησιν Ἑρμοῦ ψιθυριστοῦ καὶ Ἔρωτος καὶ Ἀφροδίτης, ἅπερ πρῶτος ἐποίησε Θησεύς . . . , wie bei Bekker Anecd. p. 317 v. Ψιθυριστὴς Ἑρμῆς statt Ἀθ. ψιθ. καὶ Ἑρ. καὶ Ἀφρ. καὶ Ἑρμοῦ gelesen werden mufs. Vgl. Paucker alt. Palladion S. 106.

(84) KINDSCHAFT DES EROS. Eros heifst Kind von Ilithyia (Anm. 73) oder von Artemis (Anm. 14. Cic. N. D. III, 22: *Diana Jovis et Proserpinae, quae pinnatum Cupidinem genuisse dicitur*), die mit Hekate (Eros und Hekate: Mon. d. Inst. I, 18 *B*) zusammenfällt. Die Differenz jener Genealogien, als sei der älteste Eros von Hermes und Artemis, der jüngere von Aphrodite und wieder von Hermes geboren, rührt wol nur daher, dafs man die Identität der delischen Artemis und der ebendaselbst verehrten Aphrodite (Anm. 75b) verkannte und deshalb Aphroditen, deren Ehe mit Hermes anderweitig feststand, erst als Mutter des jüngeren Eros erwähnen konnte.

(85) ZEUS UND HERMES, beides θεοὶ ἀγοραῖοι, wechseln auch in der Paarung mit Persephone-Axiokersa und fallen sonst öfters zusammen.

(86) EROS UND HERMES, die auch Welcker (Ann. d. Inst. II, 79) einander gleichsetzt, sind etymologisch durch übereinstimmende Wesen und Wortlaute, wie Eros, Iris, Eris, ferner wie ἕρμα, εἱρμός, Hermes (vgl. auch Erichthonios und Eridemos: Rückert Troja 96 f.) mit einander verbunden; auch wird ein Hermeros, wie sonst die Hermen, als an Kreuzwegen aufgestellt erwähnt (Anth. Pal. IX, 440: ἐν τριόδοισιν).

(87) IMBROS. Steph. Byz. s. v. Ἴμβρος νῆσός ἐστι Θράκης, ἱερὰ Καβείρων καὶ Ἑρμοῦ, ὃν Ἴμβραμιν λέγουσιν οἱ Κᾶρες. So wird nach Eustathius (ad Dion. Per. 524) und einem Theil der Handschriften jetzt gelesen, dagegen früher ὃν Ἴμβρον (nach „alten Ausgaben'' Welcker Tril. S. 217) und λέγουσι μάκαρες (ebd.) citirt ward; μάκαρες, woneben, auch abgesehen von karischer Sprachkenntnifs, der Artikel vermifst wird, findet sich in drei Handschriften. Seltsam wäre es jedoch, wenn die gleichgeltenden Namen Ἴμβρος und Ἴμβρασος für karisch gelten sollten, da sie sowohl mit dem durchaus griechischen ἵμερος (Welcker Tril. 193. 217 f. Panofka M. Blaeas p. 68) als auch mit dem lateinischen *imber* und der vom samischen Flufs Imbrasos (Schwenk Andeut. S. 89. 273) benannten „Regengöttin'' Here Imbrasia sehr wohl stimmen. Übrigens erscheint Hermes auf den Münzen gedachter Insel ithyphallisch.

(88) EROS VIERECKT, gleich der ältesten Hermesbildung, ist im Ausdruck Hermeros (Anm. 86) und hauptsächlich aus einem Chiaramontischen Relief (Taf. IV, 1) bezeugt, welches in Tempelansicht eine Venus mit Delphin vom hermenförmigen Eros begleitet darstellt.

(89) TYRRHENISCHE PELASGER: aus Samothrake sowohl und Athen (Herod. II, 51) als auch aus Parion (oben Anm. 30) hinlänglich bezeugt. Vgl. Müller Orchomenos S. 438 ff.

(90) EROS DES ZEUS KIND, nach Eurip. Hipp. 532: οἵαν τὸ τᾶς Ἀφροδίτας ἵησιν ἐκ χερῶν Ἔρως ὁ Διὸς παῖς . . . Ebd. 538: Ἔρωτα . . . τὸν τᾶς Ἀφροδίτας φίλτατον θαλάμων κληδοῦχον.

Virg. Cir. 134: *pater atque avus idem Juppiter.* So auch Lactanz I, 17: (Venus) *ex Jove Cupidinem.* Dagegen dürfte bei Maximus Tyr. X, 4, wo des Eros Abkunft von Poros und Penia nach platonischer (Anm. 9) Sage vorausgesetzt wird, δαινυμένοις τοῖς θεοῖς ἐν Διὸς τὰς Ἀφροδίτης γονάς (statt τοὺς Ἀφροδίτης γάμους) mit Recht vermuthet worden sein.

(91) KORA VENUSÄHNLICH, hauptsächlich als Göttin Libera in unteritalischen Vasen-bildern. Vgl. Prodr. S. 93 f. 229, 1. Oben Anm. 65.

(92) DEMETER MIT APHRODITE statt mit Kora verbunden ist aus Sikyon, Hermione und sonst bezeugt (Paus. II, 11, 8. 37, 2. Prodr. S. 94, 102. 113 ff.)

(93) PHAETHON, der Eos und des Kephalos Sohn, ward als Knabe von Aphrodite entführt und ihr nächtlicher Tempeldiener (Anm. 79) nach Hesiod theog. 987 ff. — nämlich der Morgenstern, nach Hygin. Astr. II, 42. Vgl. Engel Kypros II, 644 ff. (Phaon ebd. 648 f.).

(94) MYSTERIENDÄMON der Kora-Libera, aus unteritalischen Vasenbildern allbekannt: Böttiger Archäologie der Malerei S. 224 ff. Ritschl Ann. d. Inst. XII, 189 ff. Gerhard Apul. Vasenbilder S. II Sollte ein besondrer antiker Name ihm zustehen, so bleibt, da die bezeugtesten δαίμονες περὶ τὴν Ἀφροδίτην, Tychon und Gigon (Prodr. S. 238 f.), phallisch zu denken sind, auch mancher andere Vorschlag (*„Télétès“*: Rochette Orestéide p. 180) unzu-lässig ist, der Name Eros oder auch Pothos (Panofka T. C. S. 92 f.) der nächste und natürlichste. Vgl. Anm. 96.

(95) EROS UND DIONYSOS sind in ursprünglichen Kultusbezügen („Erosdienst neben Dionysos und den Musen" pierisch: Eckerm. Mythol. II, S. 2) nicht bezeugt, obwohl sie als Gottheiten verwandter Volksstämme manche Ähnlichkeit mit einander haben und in künst-lerischer Gruppirung als Wein- und Liebesgottheiten guter attischer Zeit aus der Gruppe des Thymilos (Paus. I, 20, 1) wie aus vermuthlichen Wiederholungen derselben (Gerhard Bildw. XIX, S. 233 ff. Vgl. unsere Taf. I, 15) bekannt sind. Erst durch des Eros Zutritt zu den Mysterien werden die besonders aus Gemmenbildern bekannten bacchischen Attribute (Thyrsus u. a. m.) erklärlich, die er als neckischer Gegner des bacchischen Dämons Pan und als Ministrant der Dionysosgemahlin Kora-Libera führt und im phantasiereichen Vor-rath bacchischer Bildnerei auch in Verbindung mit Silen (ihn umschlingend: Campana Op. plast. LIII, „Jacchus" als Jüngling) oder anderen bacchischen Wesen (Prodr. S. 238, 10) bekundet.

(96) EROS MANNWEIBLICH nach orphischer Lehre: διφυής (Orph. H. LVII, 4. Panofka T. C. S. 93) oder auch οὔτε θηλὺς οὔτ᾽ ἄρρην (Alexis Athen. XIII, 562. Vgl. Taf. II, 4.) Unter „Eros als Hermaphrodit auf apulischen und lukanischen Vasen" (Müller Handb. 392, 2. Ritschl Ann. d. Inst. XII, 189 ff.) ist jedoch nur der bald entschieden mannweiblich, bald nur weiblich (so auch M. Borb. VII, 8 trotz Quaranta) gebildete Mysteriendämon (Anm. 94) zu verstehen, der aber auch in solcher Eigenschaft sterblichen Frauen nicht selten mit Liebesgaben und schmeichelnder Bewegung sich nähert (M. Borb. VII, 8 und sonst), etwaigen Nebenbezugs auf unnatürliche Männerliebe (Welcker Rhein. Mus. VI, 603. Ritschl Ann. d. Inst. XII, 190) zu geschweigen. Unterschieden vom mystischen Hermaphrodit ist der ihm voranschreitende Eros im Vasenbild unserer Taf. III, 2.

(97) DOPPELZAHL DES MYSTISCHEN EROS, zum Theil mit deutlichem Doppelgeschlecht, so dafs Aphrodite selbst durch ihr Erotengespann (Millingen Uned. 1, 13. Vgl. Tischb. IV, 5.) sich als Kora bekundet. Vgl. Prodr. S. 229, 3.

(98) MANNWEIBLICH nach orphischer Ansicht ist sonst hauptsächlich Dionysos (θηλύ-

E

μορφος Philochor. fr. p. 21; αἰολόμορφος Orph. H. 50, 5. Creuzer Melet. I, p. 21. Unten Anm. 107), dem im Mises-Jacchos der Orphiker (Orph. H. 42) ein phrygisches, im Tylos-Atys (Bull. Napol. VI, p. 12 f. 18 f.) ein lydisches, im gleichfalls mannweiblichen (Ptol. Heph. 5. Vgl. Taf. II, 4) Adonis ein phönicisches Abbild entspricht. Sollte nicht auch der beim Fackelfeste für Ἄτης von Julian (Oratt. V, 179 B) erwähnte Ἐπαφρόδιτος Ἑρμῆς ebenfalls ein ἑρμαφρόδιτος sein? Vgl. Anm. 111 a.

(99) ATTISCHER URSPRUNG ist für die italischen Vasen, Etruriens sowohl (Rapp. volc. p. 104 s. Müller Handb. 99, 2) als Unteritaliens (Apul. Vasenb. S. I. Anm. 2) auch ohne Annahme ihrer Einfuhr durchaus wahrscheinlich.

(100) Den HERMAPHRODITISMUS nicht altgriechisch, sondern vielmehr asiatisch nennen zu dürfen, obwohl er in thrakischen und eleusinischen Weihen anerkannt ward, genügt es auf den mannweiblichen Bacchus phrygischer Sabazien, auf den kyprischen Aphroditos und auf die Verkleidungen koischen Herkulesdienstes zu verweisen, während die griechische Volksreligion von dergleichen ursprünglich nichts wußte. Vgl. Heinrich de hermaphrod. p. 17 ss.

(101) Als ATTRIBUTE DES MYSTERIENDÄMONS (Anm. 94) sind zwar hauptsächlich die aphrodisischen — Kranz, Binden, Fächer, Salbgefäß — bekannt, aber auch bacchische, namentlich das Tympanon, auch der Thyrsus (Gerh. Bildw. I, 44. Vgl. Panofka T. C. S. 92).

(102) ANDROGYNISCH ist hauptsächlich die Mondeskraft (auch nach Plato Symp. 190 B), wegen ihres Antheils an der Sonne sowohl als an der Erde. Vgl. Lenormant Ann. d. Inst. VI, p. 259 f.

(103) ITHYPHALLISCHE HERMAPHRODITEN: Heinrich de hermaphrod. p. 31 ff. Dem dort ausführlich behandelten bärtigen amathusischen Aphroditos (Hesych. s. v. Macrob. III, 8. Serv. Aen. II, 632. Panofka Archäol. Zeitung I, 86 f. Rochette P. de Pompéji p. 137 ss.) ist von asiatischen Gottheiten hauptsächlich der sabazische Dionysos gleichzustellen, der auch in römischen Reliefs vielfach nachweislich ist (Gerh. Etrusk. Spiegel I. S. 70, 140). Ebendahin gehört auch der phallische, obwohl bartlose, Hermaphrodit, der in zwei aus Griechenland herrührenden Reliefs als Idol neben Aphrodite und Eros sich findet (Taf. IV, 2).

(104) SCHLAFFE HERMAPHRODITEN, in denen die weichlichen Jünglingsgestalten des Deus Lunus oder Mensis (Eckhel D. N. III, 19. 507) zur Mischung von weiblicher Brust mit unkräftigem männlichem Geschlechtstheil verbunden erscheinen, sind die berühmten liegenden oder auch stehenden (Berlins Bildw. No. 111. Vgl. Bött. Amalth. I, 347 ff. Neapels Bildw. S. 93 f. Rochette Pomp. p. 147 s. Archäol. Zeitung I, 5, 1) Kunstgebilde der verzärtelten griechischen Kunst (Müller Handb. 128, 2. 392, 2) samt und sonders.

(105) EROS HESIODISCH. Irgendwo ist der Weltschöpfer Eros für nicht hesiodisch gehalten worden, weil er nicht zeugt; man verkannte, daß gerade der unentwickelte, der Zeugung vorangehende, Urtrieb in ihm gemeint war.

(106) EROS MANNWEIBLICH und satyresk: Statue zu Neapel (Neapels Bildw. no. 427), zu vergleichen dem satyresken Eros eines albanischen Reliefs (Zoega Bass. II, 88).

(107) JACCHOS HERMAPHRODITISCH, mit Greifen und Luchsgespann: Taf. III, 1. Διφυής λύσειος Ἴακχος ist orphisches Beiwort (Hymn. 42) für den phrygischen Mises.

(108) HERMAPHRODIT, einen Eros tragend, ist Gegenstand einer Chablaisschen Marmorgruppe (Hyperb. R. Studien I, 102. Archäol. Zeit. IV, S. LXIV), wie auch eines demnächst (Anm. 110) zu erwähnenden Colonna'schen Reliefs.

(109) ILITHYIOS: als Jasions Sohn bei Hygin Fab. 270 erwähnt. Vgl. Müller Orch. S. 460, 3. Oben Anm. 73.

(110) COLONNA'SCHES RELIEF, darstellend den von einem Hermaphrodit gehaltenen Eros, der eine danebenstehende Bacchusherme bekränzt; dieser steht ein Idol der Göttin Libera gegenüber. Bei neuester Erörterung dieses auf unserer Taf. II, 1 neu abgebildeten Reliefs sucht Raoul-Rochette (Peint. de Pompéji p. 151 f.) in den gedachten Idolen von Liber und Libera eine Verbindung von *Pan* und *Juno Lanuvina* —, in mythologischem Zusammenhang fast wunderlicher als wenn Montfaucon auf seinem Standpunkt Philosophenbildnisse darin vermuthete. Dagegen reihen sie als Axiokersos und Axiokersa der oben begründeten Gruppirung der Gottheit Axieros und eines als Eros gebildeten Kadmilos ungezwungen genug sich an, um eine bildliche Darstellung der von Mnaseas berichteten samothrakischen Vierzahl (Schol. Ap. Rh. 1, 917) uns zu gewähren.

(111) HERMAPHRODIT in VIERECKTER Hermenform. Nämlich *a*) als Hermes, aber durch den Modus weiblicher Erdgöttinnen (Taf. III, 5-7. Etwa der oben Anm. 98 aus Julian erwähnte Ἐπαφρόδιτος Ἑρμῆς?) oder durch Doppelgeschlecht (Hermen mit *Jovi Terminali*: Taf. III, 3) von den gewöhnlichen Merkursbildern unterschieden, oder *b*) als Aphrodite, aber mit männlichem Glied und mit Angabe des Heroldstabes am viereckten Schaft, wie im Hermenopfer eines apulischen Vasenbildes (Taf. III, 6 nach Bull. Nap. V, 4), woneben als gleichgeltende, man weiß nicht ob viereckte, Bildung die als Ἑρμαφρόδιτος bezeugte kyprische Bartgöttin (Anm. 103) nicht zu vergessen ist. In gleicher Bedeutung einer hermenförmigen Aphrodite ist dieser Name auch durch die Analogie von Hermerakles, Hermathene und durch ähnliche Composita gesichert, deren irrthümliche Deutung auf Doppelköpfe von Hermes und Herakles, Hermes und Athene statt auf viereckte Herakles- und Pallasbildung unter andern auch Rochette's neuliche (Peint. de Pomp. p. 141 s.) Vermuthung veranlaßt hat, als sei in gewissen Paarungen männlicher und weiblicher Köpfe ein Doppelbild von Hermes und Aphrodite zu erkennen.

(112) ALS KULTUSBILD erscheint der Hermaphrodit auf unsern Tafeln II, 4. III, 4. 5. 6. IV, 2 nach Kunstdenkmälern, durch welche schwierigen Schriftstellen, wie die bekränzten Ἑρμαφρόδιτοι des Theophrast (char. 16) und wie der Wittwengang εἰς Ἑρμαφροδίτου bei Alkiphron III, 37 es sind, nicht vorgegriffen wird. Vgl. Heinrich de hermaphrod. p. 8. Welcker in Creuzers Studien IV, 214. Lobeck Aglaoph. p. 1007 und meine in den Hyperb. Röm. Studien (Band II.) erscheinende Abhandl. Über die Hermen, wo dieser ganze Ideenund Bilderkreis weiter erörtert ist.

(113) MYSTERIEN DES EROS, namentlich in thespischem Dienst, wurden seit Buonarroti, Böttiger (Kunstmyth. II, 407 ff.) und Creuzer (Symb. IV, 161 ff. N. A.) gemeinhin vorausgesetzt; dagegen hat hauptsächlich Jahn Ann. d. Inst. XIII, 290. Beitr. S. 124 ff. sich erklärt. In der Aufzählung attischer Mysterien bei Aristophanes (Pac. 420) ist Eros übergangen; ebenso in der Reihe derjenigen Götter, denen nach Strabo (IX, 3, 10. p. 468 mit Einschluß der Musen) Orgiasmus zusteht.

(114) MYSTERIENVEREINE, wie die Stammtafel pelasgischer Göttersysteme in meinem Prodromus S. 113 ff. sie anschaulich macht.

(115) PLATONISCH (Symp. 189 D) ist die Vorstellung von anfänglichen drei Geschlechtern, deren eines mannweiblich war, und von den Doppelkörpern die Zeus durchschnitt und mit Apollo's Beistand ausbildete (ebd. 190 D. E).

E 2

(116) ANTEROS, der im athenischen Altar Paus. I, 30, 1 als rächender Gott (ἀλάστωρ, *deus ultor* bei Ovid Met. XIV, 750. Vgl. Plut. Erot. 20) verschmähter Liebe erscheint, ist doch auch mit gleichem und gröfserem Recht als Ausdruck erwiedernder Gegenliebe nachweislich (Plat. Phaedr. 255 D. Vgl. Plutarch. Alcibiad. 4), deren Liebeskampf theils in der Ableitung des Anteros als dritten Eros von Mars und Venus (Cic. N. D. III, 23), theils in der palästrischen Gruppirung beider als Ringer (Paus. VI, 23, 4. Müller Handb. 391, 8) unverkennbar ist. Dieser Wettkampf scheint denn auch in die bildlichen Sepulkralvorstellungen des Eros übergegangen zu sein und ist nach manchen problematischen Anwendungen jener Namen (Prodr. S. 263, 77 D. Vgl. Jahn Arch. Beitr. S. 155 ff. Gerhard. Arch. Z. VI. S. 340, 8) vielleicht, wie auch Braun meint, am füglichsten in einem hie und da durch gewöhnliche und durch Schmetterlingsflügel unterschiedenen (Prodr. S. 261. Jahn Beitr. S. 183) Knabenpaar zu erkennen. Trauer der Liebesgötter bei Hochzeitsgebräuchen anzunehmen und bei Rochette Mon. pl. 42 A 2 zu erkennen, ist eine nicht weiter begründete Annahme Welcker's zu Müller's Handb. 391, 8.

(117) PSYCHE, für deren Verhältnifs zum Amor erst Apulejus als schriftlicher Zeuge eintritt (Jahn Beitr. S. 123), ist in dessen Verbindung bereits auf den Wandmalereien Pompeji's (Gerhard Bildw. LXI, besonders aber in römischen Marmorwerken (Jahn Beitr. S. 163 ff.) und Gemmenbildern häufig zu finden. Vgl. Taf. I, 10. 11. Prodr. S. 245 ff. Arch. Zeit. VI. no. 22. 23.

(118) GENIEN von Orten, Personen und Körperschaften sind, jene in Schlangen-, diese in Menschengestalt, hinlänglich bezeugt (Müller Handb. 405, 6), dagegen die auf menschliche Zustände und Thätigkeiten statt deren sonstiger Personification (ebd. 406, 3) mifsbräuchlich ausgedehnte und gemeinhin für Flügelknaben angewandte Benennung von Genien — eine von Visconti Pio-Clem. V, 13 geduldete, von Zoega und anderen Forschern oftmals gerügte, unter Künstlern und Kunstliebhabern noch immer unverwüstliche Vulgärbenennung — nur als poetische Ausführung des Erosbegriffes, als Vervielfältigung des Weltgeistes Eros in unzählige ihm gleichartige Menschengeister, einige Rechtfertigung verdient.

(119) EROS ALS GRABESDÄMON, mit Aphrodite und Dionysos: Relief aus Pantikapäon, abgebildet auf unsrer Tafel II, 4.

(120) TODES- UND TODTENDÄMON, nach der in meinem Prodromus S. 245 ff. begründeten Unterscheidung.

(121) Dafs PSYCHE NUR EROTISCH, nicht sepulkral oder mystisch zu fassen sei, meinte Jahn Beitr. S. 124 ff.

(122) Den URSPRUNG DES PSYCHEMYTHOS pflegte man seit Buonarroti in thespischen Mysterien zu suchen, eine Ansicht der Jahn (Beitr. S. 124 ff.) nur in so weit widersprochen hat, als er überhaupt von Erosmysterien (Anm. 113) nichts wissen will. Aber auch in *Thespiä* wo kein uns bekannter Umstand dafür, die böotische Männerliebe und Agonistik eher dagegen spricht, bin ich weit weniger geneigt die Quelle jenes Mythos zu suchen, als im Zusammenhang cerealisch-aphrodisischer Mysterien, wie solche aus Samothrake und Korinth theils die Beflügelung des Eros uns zuweisen (Anm. 64), theils auch einen gröfseren Spielraum des Seelenlebens voraussetzen lassen, auf dem jener Mythos beruht.

Erklärung der Kupfertafeln.

I. Bildungen des Eros.

1) **Eros als geflügelter Jüngling**, stehend, mit phrygischer Mütze, durch die daneben sprossende Pflanze als Weltschöpfer bezeichnet. Die kosmische Bedeutung der in ähnlichem Styl auf gleichartigen Werken befindlichen Zeichnungen spricht für diese an und für sich nicht augenfällige Erklärung. Die Kopfbedeckung ist aus einem ganz ähnlichen Exemplar ergänzt. Etruskische Spiegelzeichnung: Gerhard Etr. Spiegel I, 31, 5 (vgl. 4), nach Inghirami Mon. Etr. II, 13 (vgl. 52).

2) **Eros als Weltschöpfer** ist vermuthlich auch in dieser geflügelten und bacchischen Gestalt eines Knaben gemeint, welcher mit beiden Armen sein Gewand öffnet, etwa um seine Männlichkeit blicken zu lassen, wie ähnliches bei liegenden Hermaphroditen bemerkt wird. Thonfigur, unten verstümmelt, im Königl. Museum zu Berlin.

3) **Eros als Kampfgott**: ein geflügelter, mit Stirnschnur geschmückter und in eiligem Lauf begriffener Knabe, welcher dem von ihm beschützten Kämpfer in der erhobenen Rechten eine Blume, in der Linken aber eine Leyer entgegenhält. Die Ähnlichkeit, welche Eros in dieser Beziehung mit Hermes hat, wird hier noch durch Beflügelung seiner Füfse erhöht. Spiegelzeichnung eines jetzt vermuthlich im brittischen Museum befindlichen Originals, nach Caussei Mus. Rom. II, 19. Gerhard Etr. Spiegel I, 120, 2 (vgl. 1).

4. 5) **Priapischer Eros**: Brustbilder eines Flügelknaben, dessen Brust bei umgekehrtem Standpunkt als Phallus erscheint. Nach Gemmenbildern, in doppelter Gröfse (wie auch die nachfolgenden) gezeichnet, deren erstes einem schönen Karneol der Thorwaldschen Sammlung gehört: Müller Descr. III, no. 440.

6) **Eros Uranios und Pandemos**: jener stehend mit einer Maske in der linken und einer gesenkten Fackel in der rechten Hand, dieser ihm gegenübersitzend und eine cerealische Schlangencista eröffnend(*). Zeichnung eines vermuthlich zu Florenz befindlichen Cammeo.

7) **Cerealischer Eros**, sitzend auf einer geöffneten Cista; statt der gewöhnlich daraus hervortretenden Schlange ist hier nur eine sonst nicht übliche Schleife zu erkennen. In seiner Linken hält er eine Fackel ausgestreckt, vermuthlich zur Läuterung eines in seiner Rechten vorauszusetzenden Schmetterlings. Glaskamee im Besitz des Herausgebers.

---

*) Wie hier einerseits die Cista, anderseits Maske und Fackel den **Uranios** vom **Pandemos** zu unterscheiden scheinen, wird dieser oben Anm. 8 behauptete Gegensatz auch durch den wechselnden Kunstgebrauch anderer Gemmenbilder bestätigt, in denen einer der Eroten die Leyer, der andre eine Traube (Impr. d. Inst. II, 52) oder auch eine umgekehrte Fackel (ebd. II, 53) trägt. Auch auf die Gruppirung eines an die Grabesstätte gefesselten Eros mit einem andern, der einen Schmetterling haltend die Seelenverbindung und Seelenqual fortsetzt (Impr. d. Inst. II. 55), dürfte derselbe Gegensatz anwendbar sein.

8) Bogenspannender Eros in älterem Styl. Gemmenbild nach der stark vergröfserten Zeichnung bei Millin Mon. II, 1. Gal. XLV, 191.

9) Bogenspannender Eros in hermaphroditischer Bildung. Gemmenbild, nach Caylus Recueil V, 20, 1. Gal. di Firenze I, 20, 1.

10) Eros als Seelenlenker: auf einem Schmetterlinge dem Bild der Seele stehend und mit dem einen Fühlhorn denselben zügelnd, während das andere widerstrebend abwärts geneigt ist. Nach einem Gemmenabdruck.

11) Eros seelenläuternd. Der Flügelknabe Eros hält einen Schmetterling mit der Rechten über die Flamme eines Räucherbeckens, während die andere ans Haupt gelegte Hand seine Betrübnifs kundgibt. Nach einem Gemmenabdruck.

12) Eros als Kampfgott mit gekreuzten Beinen behaglich stehend, indem er sich auf eine umgekehrte Lanze stützt. Nach einer Glaspaste.

13) Eros in einem Grabmal. Als Grabmal, in Art der aus Grabreliefs und aus Vasenbildern bekannten Heroen, läfst auch der auf zwei Säulen gestützte kleine Tempel sich betrachten, in dessen Giebel wiedrum eine Meerzwiebel oder ein ähnliches Wuchergewächs und in dessen Innerem ein Flügelknabe mit einem ähnlichen Gegenstand in seiner Hand zu erkennen ist. Grüne gestreifte Glaspaste im Besitz des Herausgebers.

14) Bacchus und Amor. Auf einer Erhöhung stehend, die ihn als Idol erscheinen läfst, wird ein ungeflügelter (Anm. 56) mit Pfeil und Bogen versehener Knabe von einem Jüngling umfafst, dessen behaglicher Wuchs und Ausdruck zugleich mit bacchischer Stirnbinde über seine Bedeutung kaum zweifeln läfst und dem zufolge den langen von seiner Linken aufgestützten Stab auch ohne die übliche volle Bekrönung für einen Thyrsus zu halten gestattet. Nach einer Glaspaste, mit welcher das Gemmenbild eines ähnlichen, etwa von Hymen (einem geflügelten und strahlenbekränzten Jüngling) umfafsten flügellosen Fackelträgers Amor bei Müller Denkm. d. a. K. V, 451 zu vergleichen ist.

15) Eros im Gewächsreich. Der als Weltschöpfer bekannte Flügelknabe, dessen orphische Ableitung aus einem Weltey vielleicht, gleich des Adonis Geburt aus dem Lattich, mit andern mythischen Ableitungen aus üppigem Pflanzenwuchs (Anm. 17) wechselte, wofür in Granat- und Lotusblüthe hie und da Andeutungen sich finden, tritt hier aus einer Meerzwiebel hervor und hält wildes Gesträuch in beiden Händen, welches zugleich mit den am Boden vertheilten Palmzweigen am wahrscheinlichsten einen Eros der Gräber in ihm erkennen läfst, wie er über Akanthos und ähnlichen Wucherpflanzen auch an unteritalischen Gräbervasen (Gerhard apul. Vasenb.Taf. III. Vgl. S. IV, 26.) sich findet. Gestreifter Achat der Demidoffschen Sammlung: Impr. d. Inst. II, 44. Vgl. oben Anm. 17. 26.

16) Eros in gnostischer Vorstellung. So bezeichnen wir einen geflügelten, von Mond und Sternen umgebenen, am Haupt mit dem Modius der Erdgottheiten bedeckten Jüngling, der mit ausgebreiteten Armen Fesseln hält für eine von ihm zu Boden getretene und nach ihm aufschauende löwenköpfige Schlange. Nach einem Gemmenabdruck. Vgl. oben Anm. 19.

II. HERMES UND APHRODITE.

1) Hermaphrodit den Eros haltend, welcher eine ithyphallische Herme des bärtigen Dionysos bekränzt; ein Idol der Kora-Libera, mit Rehfell über langem Gewand und mit einem Reh auf den Schultern, steht linkerseits gegenüber. Im Hintergrund ist ein Rundbau mit Balaustium sichtlich, woran gekreuzte Fackeln geheftet sind, vielleicht ein

aphrodisisches Heiligthum; weiter rechts, durch einen astigen Platanus oder Eichbaum getrennt, ein zierliches einhenkliges Deckelgefäfs auf ionischer Säule, vielleicht ein Preis dionysischer Spiele. Grofses Marmorrelief im Palast Colonna zu Rom. Nach Montfaucon Antiq. Suppl. I, 88. Gerhard Bildw. Taf. XLII. S. 287 f. Vgl. Heinrich hermaphrod. p. 37. Rochette Peint. de Pompéji p. 151 f. Oben Anm. 110 (Axieros).

2) **Hermes und Aphrodite** einander gegenüberstehend, sie halbbekleidet und ihr Gewand zierlich lüftend an einen Pfeiler gelehnt, er mit Heroldstab, Flügelhut und angestemmtem linken Arm in ernster Haltung, wie mit Götterbotschaft ihr nahend. Zwischen beiden eine wie mit Halbmond und mit geschmückter Krone verzierte Säule, an welcher eine kleine Jünglingsfigur, nackt und ithyphallisch, in der linken Hand etwa einen Palmzweig haltend, angelehnt ist, vermuthlich **Priapos**(*), wenn nicht vielleicht weibliche Brüste vorhanden und für die wahrscheinlichere Annahme eines Hermaphroditen — in Übereinstimmung mit Lactanz I, 17: *Venus ex Mercurio Hermaphroditum qui est natus androgynus.* Oben Anm. 83 — entscheidend sind. Wandgemälde: Mus. Borbon. I, 32.

3) **Hermes und Aphrodite.** Die Göttin sitzend und entkleidet blickt mit über das Haupt gelegtem Arm auf den ihr gegenüberstehenden, durch Caduceus und Petasus kenntlichen, Hermes. Zwischen beiden steht auf einer Säule zwischen Bäumen ein Knabe den man für das Kind ihrer Liebe (vgl. no. 2) halten möchte, wenn auch der vermuthliche Thyrsus in seiner Hand eher auf **Dionysos** rathen läfst. Kamee des brit. Museums no. 315.

4) **Aphrodite, Hermengott, Eros.** *Aphrodite,* nackt aber mit Stirnkrone geschmückt, sitzt nachdenklich und von der übrigen Darstellung abgewandt auf Felsengrund, hinter ihr eine bärtige Herme, die ihrem Modius zufolge eher für *Dionysos* als für Hermes zu halten ist. Am Schaft dieser Herme steht mit gekreuzten Beinen, den rechten Arm angestemmt, den linken hoch anlehnend (wie sonst an einen Baumstamm), ein den bekannten Todtengenien ähnlicher Flügelknabe. Die hiedurch wie durch den Bezug auf bacchische Todtenfeier und auf Venus-Libitina begründete Sepulkralbedeutung des Ganzen wird unten am Boden noch verstärkt durch zwei in Relief daselbst angebrachte von Delphinen getragene und auf die Meerfahrt der Todten bezügliche Flügelknaben. Gruppe von Thon aus Pantikapäon, nach einem von Aschik mitgetheilten und in dessen russischem Werk über dortige Alterthümer gegenwärtig veröffentlichten Zeichnung.

5) **Aphrodite und Hermaphrodit.** Die Göttin, in weitem Peplos welcher vom Oberleib abgestreift ist, umarmt sitzend einen neben ihr stehenden ungeflügelten Knaben dessen Bildung als hermaphroditisch versichert wird, vermuthlich **Adonis.** Schöne attische Gruppe von Thon, nach Stackelberg Gräber d. Hell. Taf. LXI.

III. HERMAPHRODIT.

1) **Bärtiger Hermaphrodit,** nach Beflügelung und etwaniger Schleuder in der Rechten der bärtigen **Fortuna** römischen Dienstes gleichzustellen, zumal geflügelte Fortunen

---

*) **Priapos,** nach der gewöhnlichen Sage Aphroditens Kind von Dionysos, heifst doch auch Sohn des Hermes (bei Hygin fab. 160) oder eines langohrigen Gottes (Macr. Sat. VI, 5), nämlich des Pan. Dem Hermaphrodit gleichgesetzt war er bei Mnaseas: Μνασέας Ἑρμαφρόδιτον τὸν Πρίαπον λέγει (Schol. Lucian D. D. xxxiii, wo Andre τὸν Πρίαπον Ἑρμ. lesen. Vgl. Bull. Nap. V. p. 38). Jugendliche Bildung desselben Gottes machte noch neuerdings Welcker für ein pompejanisches Wandgemälde (Ternite I. Taf. IV. B. Pitt. d'Erc. II, 24) geltend; weibischer Kopfputz ist bei ihm gewöhnlich.

in Werken gleicher Kunstgattung häufig sind. Männlich sind Bart und Brust, das Übrige weiblich. Etruskische Spiegelzeichnung nach Inghirami Mon. Etr. II, 12. Gerhard Etr. Spiegel I, 31, 2 („Bärtige Fortuna").

2) Hermaphrodit, dem Eros vorangeht, lenkt auf einem Wagen stehend ein Gespann, welches aus bacchischem Panther und apollinischem Greif zusammengesetzt ist. Aus einem unteritalischen Gefäfsbild. Tischb. III, 22. Gerhard Bildw. CCCXIII, 3.

3) Hermaphrodit, als viereckte Herme mit Andeutung seines Doppelgeschlechts am Schaft; der in Gewand gehüllte Oberleib erscheint männlich. Die im Schaft befindliche Weihungsinschrift eines *M. Valerius Antonius Antico* eignet diese Herme dem *Juppiter Terminalis* zu. Marmorherme des Grafen Mangelli zu Forli. Nach Annali d. Inst. XIX, 327 ff. pl. S. Vgl. Borghesi Bull. 1831 p. 182 ss.

4) Hermaphrodit, angelehnt in rechtshin aufschauender Stellung, die Beine gekreuzt, in der linken Hand ein offenes Schmuckkästchen haltend. Nebenfigur eines grofsen gegenwärtig im Museum zu Turin befindlichen Vasenbildes, welchem der Hermaphrodit als hochzeitlicher Gott beigesellt zu sein scheint. Nach Gerhard griech. Mysterienbilder Taf. V. („Brautwerbung"). Prodr. S. 380 f. Vgl. oben Anm. 112.

5) Hermaphrodit in viereckter Hermenbildung, so zu bezeichnen nach der für ähnliche Hermen mit Modius und schlaffer Männlichkeit oben Anm. 111 a gegebenen Bestimmung, obwohl Braun (Ann. IX, 249 f.) wegen der Verbindung mit Pan und Aphrodite vorzog einen Eros darin zu finden, dessen öftere Verbindung mit Pluto (?) auch den Modius rechtfertige. Aus der Bellerophonsvase im Museum zu Karlsruhe: Mon. d. Inst. II, 50. Ann. IX, 249 f.

6) Hermaphrodit als viereckte Herme mit Frauenkopf und mit Andeutung männlichen Gliedes; am Schaft ein Hermesstab. Vor dieser Herme steht ein Altar, dem ein Silen mit Thyrsus und Trinkhorn sich nähert; anderseits (hier ebenfalls weggelassen) eine Bacchantin. Vasenbild eines Oxybaphon nach Bull. Napol. V, 4, von Minervini erklärt p. 36 ff. Vgl. ebdas. Cavedoni p. 72.

7) Hermaphrodit, ebenfalls hermenförmig, am Schafte schlaff männlich, durch Modius auf dem Haupt als weiblich bezeichnet. Erzfigur im Kgl. Museum zu Berlin.

IV. DÄMONEN DER APHRODITE.

1) Venus und Hermeros. Neben der vom Delphin begleiteten Göttin steht eine ungeflügelte Erosherme, beides als Idole eines von Säulen eingeschlossenen Heiligthums. Marmorfragment eines Reliefs im Museo Chiaramonti

2) Hermaphrodit in einer Höhle, von Aphrodite und Eros umgeben; von letzterem sind nur die Füfse erhalten. Das gedachte Kultusbild — bartlos, aber mit weiblichen Brüsten und langem Gewand, welches der Gott mit beiden Händen öffnet, ithyphallisch gebildet — befindet sich in einer Felshöhle, neben welcher die ungleich gröfsere Figur der Göttin steht; diese ist vollständig bekleidet, die rechte Schulter entblöfst, ihre Bewegung wegen abgebrochener Arme ungewifs. Griechisches Relief im Königl. Museum zu Berlin; ein ähnliches glaube ich im Münzkabinet zu Paris bemerkt zu haben. Vgl. oben Anm. 103.

3) Venus-Urania mit zwei Flügelknaben, deren einer die Fackel, der andre den Bogen hält. Die Göttin ist mit Stirnkrone und Peplos angethan; sie scheint ihre Sandale vom linken Fufs ablösen zu wollen. Als bedeutsame Attribute sind Delphin und

Hammer (neptunisch und vulkanisch), Spiegel und Fackel, Stirnkrone und Bogen, Becken und Syrinx ihr zur Seite kunstreich aufgeschichtet. Erzfigur von Millingen bekannt gemacht und auf Venus-Urania gedeutet (Transactions of the Royal Society of literature Ser. II. Vol. I. p. 62 ff.).

4) *a. b. c.* Eros, Apoll und Aphrodite, den von Plinius erwähnten samothrakischen Gottheiten *Pothos, Phaethon* und *Venus* entsprechend. Untere Trias der zuletzt in meiner Abhandlung über Venusidole (Berl. Akad. 1843) Taf. IV, 1-3 nach meinen Antiken Bildwerken Taf. XLI abgebildeten Chablais'schen Herme.

5) Venus und Adonis. Die Göttin, *Tiphanati* benannt, sitzend auf einem Sessel unter welchem eine mystische Cista sich befindet, spielt mit dem Flügelknaben Adonis, dessen Name beigeschrieben ist (*Atunis*), um eine Taube. Zwischen beiden ist ein Baum oder eine Staude bemerklich. Spiegelzeichnung im Besitz des Herausgebers. Gerhard Etr. Spiegel I, 116.

6) Venus auf ihrem Schofs einen ganz ähnlichen Flügelknaben, nach dem vorigen Bild eher Adonis als Amor, haltend; auf ihrer Rücklehne eine abgewandte Taube. Nach Guattani Mon. ined. 1787 p. 29. Rochette Mon. pl. LXXVI, 3. Gerhard Etr. Sp. I, 117.

V. Eros der Todten.

1) Sitzender Eros mit einem Rosenkranz umgürtet; in reifer Jünglingsbildung mit grofsen Flügeln. Unteritalische Thonfigur, in zwei Drittheil der originalen Gröfse gezeichnet, im Besitz des Herausgebers.

2) Eros und Todesgöttin. Krug und Binde, vielleicht auch mit dieser eine gesenkte Fackel haltend, steht ein mit Stirnband geschmückter Eros zu einem Todtenopfer bereit vor dem Idol einer, wie Hekate kurzbekleideten, am füglichsten als Kora-Libera zu benennenden, Göttin mit Modius, gesenkter Fackel und an die Brust gedrückter Blume. Unter dem Opfertisch, worauf sie steht, ist ein Hahn zu chthonischem Opfer, nebenher ein mit Früchten gefüllter Kalathos zu bemerken. Grofsgriechisches Thonrelief, nach Gerhard Bildw. Taf. LXXV, 1. S. 313 f.

3) Venus-Libitina, im euphemistischen Ausdruck der unbekleideten Schönheitsgöttin, welche ihr Haar ordnet, während Eros ihr einen Klappspiegel entgegenhält und und die menschliche Seele als Schmetterling nebenher angedeutet ist. Karneol der Stoschischen Sammlung: Winckelm. Descr. II, 550.

4) Eros in Hermenform unterwärts endend, hält als Seelenläuterer dem in seiner Linken gehaltenen Schmetterling mit der Rechten eine Fackel entgegen. Glaspaste der Stoschischen Sammlung: Winckelm. Descr. II, 890.

5) Bacchischer Eros, ebenfalls von archaischer Zeichnung, beschäftigt eine schlanke und spitze Amphora in ein darunter stehendes gleichfalls spitzes aber geräumigeres Gefäfs auszugiefsen. Im Kgl. Museum zu Berlin: Tölken Beschr. II, 111.

6) Eros mit Grabesspenden, die er in einer Schale auf ähnliche Weise vor sich hält, wie die unter no. 7 nachfolgende Venus Libitina. In steifer und alterthümlicher Haltung den Gemmenbildern no. 4. 5 entsprechend. Stoschischer Karneol: Winck. Descr. II, 788.

7) Venus Libitina, eine Schale mit beiden Händen fassend; neben ihr links ein bacchischer Rebstamm, rechts ein Preisgefäfs mit Siegespalme. Häufige und anderwärts (Kunstblatt 1827 no. 69. 70. Prodr. S. 251 f.) mehrbesprochene Darstellung, nach einem

F

Smaragd-Praser der Stoschischen Sammlung: Winck. Descr. II, 1466 („Ariadne"). Tölken
Verz. III, 976 (Methe).

8) Gräber-Eros, an einer Grabessäule Schmetterling und Fackel zur Seelenläuterung haltend. Stoschische Glaspaste: Winck. Descr. II, 887. Tölken Verz. III, 702.

9) Gräber-Eros, an einer mit Kugel (nach Tölken der Muse Urania) bekrönten
Säule die Rolle des Geschickes lesend. Smaragd-Praser der Stoschischen Sammlung mit
Revers einer *Procula rarissima*: Winck. Descr. II, 773. Tölken Verz. V, 196.

10) Brustbild eines Amor, der einen Schmetterling andrückt. Gemmenbild einer
in dieser Kunstgattung häufigen Darstellung: nach einem Gemmenabdruck.

11) Venus Libitina, auf das Kapitell einer Grabessäule hoch auftretend, liest in
einer Schicksalsrolle. Nach einer Gemmenzeichnung im archäologischen Apparat des Kgl.
Museums fol. 67 *i*.

12) Gräber-Eros die Psyche bindend, die als erwachsenes Mädchen an einer
mit Kugel bekrönten schlanken Säule steht. Im archäologischen Apparat Vol. II. fol. 68 *m*.

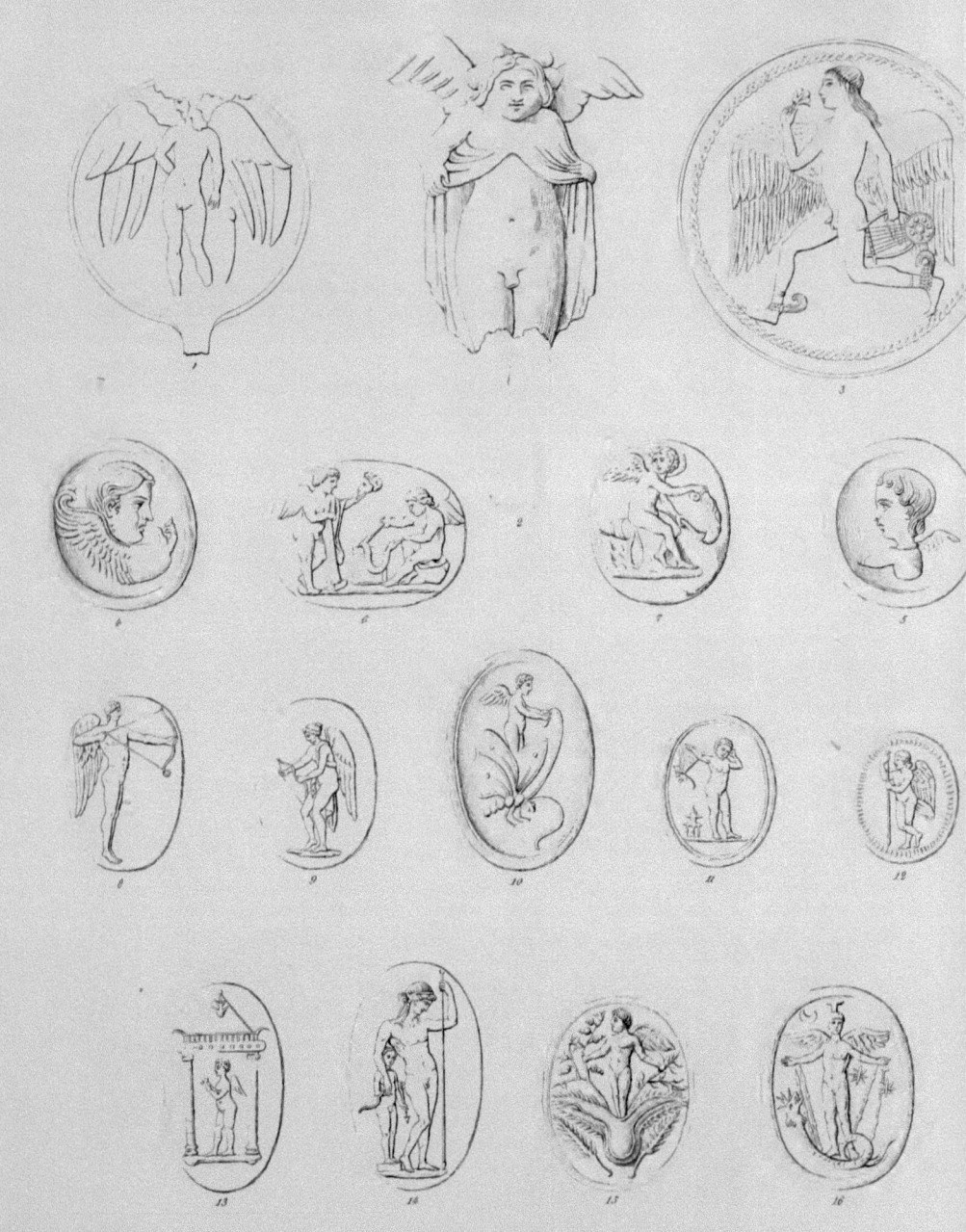

Bildungen des Eros.

2

1

3

4

5

Hermes und Aphrodite

Hermaphrodit

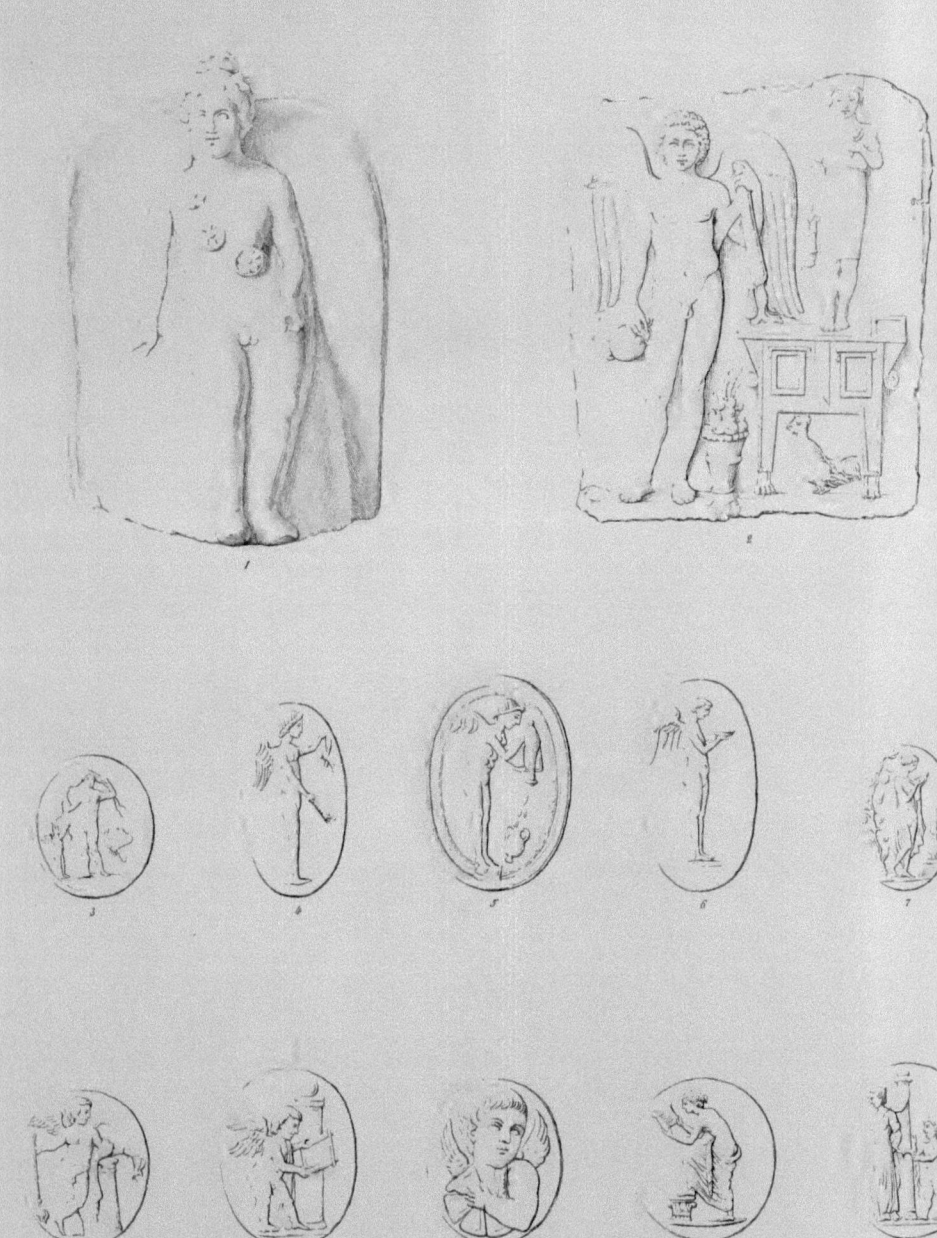

Eros der Todten.